GONÇALO M. TAVARES

Joseph Walsers Maschine

GONÇALO M. TAVARES

Joseph Walsers Maschine

Roman

Aus dem Portugiesischen von
Marianne Gareis

Deutsche Verlags-Anstalt

»Das Staunen über die Ähnlichkeit«
MARIA FILOMENA MOLDER

»Er wollte sein Vaterunser beten, aber er konnte sich nur des großen Einmaleins entsinnen.«
HANS CHRISTIAN ANDERSEN

TEIL I

KAPITEL I

1

Er war ein seltsamer Mensch, und seine Frau musste unweigerlich lachen bei seinen Worten. »Als wären sie Materialien, die denken«, hatte Joseph Walser gesagt. Natürlich waren die Menschen Materialien, die denken! Materialien mit einer Seele, würde Margha sogar sagen.

Joseph Walser ging in seine Kammer. Margha sah nicht einmal auf.

Walser war Sammler. Wovon? Es ist noch zu früh, das zu sagen. Doch an diesem Morgen hatte er seine Sammlung erheblich vergrößert.

Er trug eine einfache, fast bäuerische Hose, und seine braunen Schuhe waren absolut altmodisch.

Seine Frau sagte: »Du kleidest dich wie jemand aus einem anderen Jahrhundert. So denkt heute keiner mehr.«

2

Joseph Walser trägt keine Papiere bei sich.

Jemand sagt: Heutzutage darf man nicht nachlässig sein, die Papiere braucht man.

Joseph Walser nimmt die Rüge schweigend hin.

Das Staunen war proportional zur Entfernung. Geschah etwas nur Meter oder Zentimeter entfernt, so galt: nichts weiter, lediglich Monotonie. Die Monotonie legt sich auf die Menschen, während das Erstaunliche nicht berührbar ist.

In ruhigen Zeiten verändert die Einführung einer einzigen Substanz die Vorhersagen für den nächsten Tag ganz erheblich. Der Tod ist als gängige Substanz noch nicht eingeführt worden, doch laut gewisser Vorhersagen naht ein schmutziger Monat.

»Ein schmutziger Monat«, raunt Walser seiner Frau Margha zu.

Aber ein Monat, in dem man berührt und sich die schmähliche Angst in die Fingerspitzen legt.

Du wirst den nächsten Monat berühren, wie du mit deiner Rechten einen dreckigen Fluss berührst: Danach wirst du dir die Finger säubern, sie waschen müssen.

Die Praxis, Menschen zu beeinflussen, indem man ihnen Angst macht vor dem, was noch nicht existiert, ist alt. Das geschieht nun von Neuem. Man spricht von militärischer Aufrüstung, die mit Appetit voranschreitet, es ist dieser Ausdruck: mit Appetit. Als hätten Waffen einen Magen wie Lebewesen. Eine Art Speichel, grotesk und metallisch. Doch nur die geistige Tätigkeit ist durcheinandergeraten, die physische Realität der Dinge bleibt wohlorganisiert und geordnet. Die Fabriken bewahren sich ihre konzentrierten Geräusche, die mit den zu erwartenden Bewegungen der friedlichen Maschinen korrespondieren; anschließend tauchen die benötigten Produkte auf. Das Prinzip von Ursache und Wirkung wird in der Industrie gewahrt, keine Maschine unterbricht den gewohnten Kreislauf, um sich Ereignissen wie Wundern oder Explosionen zuzuwenden.

»Bloß keine Wunder«, murmelt Klober Müller, der Vorarbeiter der Fabrik, in der Joseph Walser arbeitet.

Als wäre der Krieg genau das, eine übermäßige Konzentration von Wundern. Eine verschwenderische Aneinanderreihung von Ereignissen innerhalb kürzester Zeit, eine übernatürliche Beschleunigung, eine Anmaßung des Menschen und mehr als eine bloße Taktlosigkeit: ein schamloser Übergriff auf die Zeit.

Die Ereignisse bedürfen gewichtiger Pausen. Sie dürfen sich nicht anhäufen wie belanglose Waren, Ereignisse sind keine belanglosen Waren, sind wertvolle Dinge, hat Klober gesagt.

Neben ihm stand Joseph Walser mit seinen braunen, absolut altmodischen Schuhen.

Das konnte Klober nicht entgehen.

»Diese Schuhe da«, sagte er, »sind absolut unverantwortlich.«

Joseph Walser sah auf seine Schuhe und hob den Kopf. Das Lächeln, zu dem er in diesem kurzen Moment der Anspannung angesetzt hatte, erstarrte, als sein Blick auf Klobers Gesicht fiel. Der Vorarbeiter spaßte nicht. Ganz und gar nicht: Er war verärgert.

»Ihre Schuhe sind absolut unverantwortlich«, wiederholte Klober Müller.

3

»Solche Schuhe trägt heute niemand mehr.«

Wie oft hatte Joseph Walser diesen Satz in den letzten beiden Wochen gehört? Was war nur los? Er trug doch seit Jahren diese oder ähnliche Schuhe. Und nie war er deswegen behelligt worden. Niemand hatte sich je in irgendeiner Weise an seinen Schuhen gestört, nicht an ihrer Farbe, nicht an ihrer Form. Warum jetzt?

»Mich interessieren weder Ihre Schuhe noch Ihre Ideen, verstehen Sie, werter Walser? Was ich Ihnen gestern gesagt habe, hat für mich keinerlei Bedeutung, doch für Sie hat es eine extrem große Bedeutung. Begreifen Sie den Unterschied? Begreifen Sie den Unterschied, der zwischen uns beiden besteht? Zwischen meinen Schuhen und Ihren Schuhen, zwischen meinen Ideen und Ihren Ideen? Ihre Schuhe interessieren mich nicht, und Ihre Ideen interessieren mich auch nicht. Aber meine Ideen interessieren Sie, das ist der Unterschied, verstehen Sie?

Ihre Schuhe habe ich doch längst vergessen. Sie sind zwar wirklich absolut unverantwortlich, das habe ich gesagt und bleibe dabei. Vielleicht wollen Sie ja eine Erklärung hören, aber die gebe ich Ihnen nicht. Sie müssen es selbst begreifen. Das ist Ihre Pflicht. Herr Joseph Walser muss lernen, die Dinge ohne weitere Erklärungen zu begreifen. Eine Armee naht, und Sie wollen eine Erklärung zu Ihren Schuhen?

Doch ich werde es Ihnen so weit wie möglich erklären, Walser. Ein schmutziger Monat naht, wie es in den Nachrichten heißt, und Sie, mein Freund, haben dreckige abgetragene Schuhe, verstehen Sie? Sie müssen sie augenblicklich putzen. Wir werden dem Schmutz mit Hygiene begegnen, sonst werden wir zerdrückt, verstehen Sie, mein lieber Joseph Walser?

Ordnung wird immer dringlicher. Ich bin schockiert, dass Sie das immer noch nicht begriffen haben.

Der organisierte Wahnsinn naht, und wir müssen ihm sachlich entgegentreten. Niemand empfindet Achtung vor hysterischen Menschen. Der Krieg macht die Verrückten lächerlich. Was zählt, ist Ordnung, mein Lieber.

Die Hysterie oder auch nur ein aus der Hose gerutschtes Hemd muss als zum selben Universum gehörig betrachtet werden: dem Universum der Unordnung. Der kollektive Wahnsinn darf nicht mit einem falsch getragenen Hemd empfangen werden, verstehen Sie das, Joseph Walser?«

4

»Kriegsmaschinen sind im Anmarsch, aber haben Sie keine Angst. Das Problem sind nicht die Maschinen, die sich der Stadt nähern, es sind die Maschinen, die bereits hier sind.

Die verschiedenen technischen Generationen, ihre Geschichte, Walser, sie entwickeln sich weiter. Ebenso wie unsere Ideen. Doch die Maschinen werden autonom, die Ideen nicht.

Die Maschinen beeinflussen bereits die Geschichte unseres Landes und ebenso unseren individuellen Werdegang. Ihre Entwicklung ist nicht mehr nur eine materielle oder faktische. Die Maschinen verfügen auch über eine Geschichte des Geistes, über einen in der Welt des Unsichtbaren, in der Welt des Fühlens und Denkens zurückgelegten Weg. Es wird sogar angenommen, dass die Maschinen uns Menschen näher zur Wahrheit bringen.

Und auch die Freude kann auf ein Binärsystem reduziert werden. Auf ein Ja oder ein Nein, eine 0 oder eine 1: Sie existiert oder sie existiert nicht. Und diese Effizienz, diese grundsätzliche Effizienz, mein Lieber, diese primäre Effizienz hängt zum Großteil bereits von den Maschinen ab, von der Geschwindigkeit, mit der sie Ursachen und Notwendigkeiten in vorteilhafte Wirkung umwandeln.

Das Glück wurde ebenfalls bereits auf ein System reduziert, das die Maschinen verstehen, an dem sie teilhaben und auf das sie Einfluss nehmen können. Kein individuelles Glück ist heute unabhängig von der Technik, mein Freund Walser. Wenn Sie Zahlen hören wollen, können wir gern mit Zahlen jonglieren: Das individuelle Glück eines Tages hängt zu, sagen wir mal, siebzig Prozent von der materiellen Effizienz der Maschinen ab. Die Tatsache, dass das unsichtbare Glück einem konkreten Glück unterworfen sein soll, einem Glück von miteinander im Dialog stehender Materialien, von Metallteilen, die ineinandergreifen und Probleme lösen, indem sie bestimmte Aufgaben erfüllen, mag seltsam erscheinen, aber das ist nun mal unser Jahrhundert.

Glücklich zu sein hängt nicht mehr von Dingen ab, die wir gemeinhin mit dem Wort Geist assoziieren. Es hängt von konkreter Materie ab. Das menschliche Glück ist ein Mechanismus.«

5

»Sehen Sie sich diese Fabrik an: Wir erleben hier ein übernatürliches Staunen. Alles an diesen Maschinen ist so idiotensicher vorhersehbar, dass es schon wieder verblüfft; das ist das große Staunen unseres Jahrhunderts, die große Überraschung: Wir haben erreicht, dass genau das eintrifft, was wir wollen. Dadurch haben wir die Zukunft überflüssig gemacht, und darin liegt die Gefahr.

Sobald individuelles Glück von diesen Mechanismen abhängt und ebenfalls vorhersehbar wird, wird unsere Existenz überflüssig und sinnlos: Es wird keine Erwartungen, keinen Kampf, keine Vorahnungen mehr geben.

Wir sprechen zwar von Kriegsmaschinen, Walser, aber keine Maschine ist friedlich.«

KAPITEL II

1

Joseph Walser führte ein diszipliniertes Leben. Er stand um sieben Uhr auf, rasierte sich und nahm ein schnelles Frühstück ein. Um halb neun betrat er die Fabrik, die zum Imperium Leo Vasts zählte, des bedeutendsten Unternehmers der Stadt, den Joseph Walser in zehn Arbeitsjahren lediglich zweimal gesehen hatte, und das auch nur aus weiter Ferne.

Von dreizehn bis vierzehn Uhr aß er zu Mittag. Um sechs Uhr abends verließ er die Fabrik und kehrte nach Hause zurück, zu Fuß.

Margha Walser empfing ihren Ehemann für gewöhnlich mit einem flüchtigen Kuss. Sie hatten keine Kinder, ihr Alltag verlief ruhig, ihre Gespräche waren respektvoll.

Margha machte die Art, wie ihr Mann sich kleidete, Sorgen. Es waren nicht nur die Schuhe, seine ganze Kleidung war alt, aus der Mode, schlampig. Sie hatten keine größeren finanziellen Probleme; Joseph hätte sich zwar keine teuren Kleider leisten können, doch seine Nachlässigkeit war keineswegs einer finanziellen Not geschuldet.

Joseph Walser war ein seltsamer Mensch, der wenig sprach. Die Nachlässigkeit in Bezug auf seine Kleidung war nichts anderes als Ausdruck einer Achtlosigkeit gegenüber Äußerlichkeiten. Er hörte eher zu, als dass er sprach, selbst bei seiner Frau, doch seine Art zuzuhören irritierte seine Gesprächspartner gelegentlich:

»Mein lieber Walser, hören Sie mir auch wirklich zu?«, wurde er oftmals gefragt.

Walsers Miene drückte stets eine gewisse Entfremdung aus. Sein Leben schien sich innerlich abzuspielen. Als wäre der Alltag in Walsers Kopf komplizierter und erforderte eine größere Aufmerksamkeit als die konkreten Aufgaben.

Nur in einer einzigen Situation stand er ganz im Leben: wenn er in der Fabrik an »seiner« Maschine arbeitete. Diese Konzentration entsprang im Übrigen keiner persönlichen Entscheidung, sie ergab sich vielmehr zwangsläufig aus der Gefährlichkeit der Maschine: Jede Unaufmerksamkeit konnte einen Unfall mit schwerwiegenden Folgen nach sich ziehen.

Es hatten sich bereits mehrere Unfälle mit Arbeitskollegen ereignet. Einer davon mit tödlichem Ausgang. Ein fürchterliches Pech, so sahen es alle, eine Verkettung seltener unglücklicher Umstände; doch das Unwahrscheinliche war eingetreten, und nach ein paar Jahren wurde es zur Tatsache: ein Todesfall, ausgelöst durch die Maschine, an der Joseph Walser arbeitete.

Es wurde also eine stete Aufmerksamkeit von ihm verlangt. Eine präzise Aufmerksamkeit, wie Klober zu sagen pflegte, den merkwürdigen Charakter dieser Verbindung aus einem weit gefassten, nicht ganz eindeutigen Wort wie Aufmerksamkeit und einem klar definierten, absolut unmissverständlichen wie präzise betonend. *Präzise Aufmerksamkeit* war das, was derjenige aufbringen musste, der an dieser Maschine arbeitete. Aufmerksamkeit im Sinne einer Gefühlseigenschaft, einer wenig körperlichen, wenig manuellen Eigenschaft, wie Klober sagen würde, verbunden mit dem objektiven Wort präzise. Einem rationalen Wort aus der Welt der Wissenschaft.

An dieser Maschine genügte es nicht, aufmerksam zu sein wie etwa ein Tier, man musste vielmehr auf präzise Weise aufmerksam sein, wie nur Menschen es vermögen. »Präzise«, sagte Klober, »ist ein Wort, das nur dann existiert und einen Sinn ergibt, wenn es von Menschen verwendet wird. Kein anderes Lebewesen hat eine Wissenschaft oder legt Wert darauf.«

Präzise Aufmerksamkeit fasste also das zusammen, was für Joseph Walsers Tätigkeit erforderlich war: ein perfektes Tier sein, ein nicht tierisches, berechenbares Tier, ein Lebewesen ohne Schwankungen, ein Lebewesen, dem es gelingt, die ganze Zeit an der Maschine stets gleich und unveränderlich zu sein. Denn diese Maschine verlangte jedem, der daran arbeitete, eine Anzahl ganz bestimmter, sich wiederholender und immer gleich ablaufender Handgriffe ab. Jede Abweichung vom exakten Handgriff, vom Handgriff, der sich aus der geforderten präzisen Aufmerksamkeit ergab, jede Abweichung hätte eine Störung der Effizienz der Maschine und daher eine geringere Produktion oder gar einen Schaden zur Folge gehabt.

Walser arbeitete an dieser Maschine also mit beständiger Konzentration, denn eines hatte er sehr früh begriffen: Wenn diese Maschine ihn aufgrund eines Fehlers seinerseits im schlimmsten Fall töten konnte, dann befand er, der Staatsbürger Joseph Walser, sich in Friedenszeiten, in diesen völlig ruhigen Zeiten, in denen sorglose

Kinder in Grünanlagen den Sonntag begingen, letztlich im Krieg, weil er sich einem gefährlichen Freund gegenübersah; und dieser unstete Freund, dieser Freund war die Maschine, ein potenziell feindlicher Freund und ein Todfeind, schließlich konnte er – nicht erst nach ein paar Monaten oder zwei Tagen, sondern von einer Sekunde auf die andere – zu dem werden, was seinem Körper Böses wollte. Die Maschine – Grundlage seiner realen Existenz – war es, die seiner Familie den Lebensunterhalt sicherte, sie war also das, was ihn Tag für Tag davor bewahrte, jemand anders zu werden, unter Umständen sogar das Gegenteil, das Gegenteil von jenem Menschen, als den er sich selbst sah; diese Maschine bewahrte ihn also davor, womöglich zum Nichtsnutz zu werden oder zu jemandem, der seine Mitmenschen ausdrücklich hasst, doch obwohl diese Maschine ihn Tag für Tag vor etwas bewahrte, bedrohte sie ihn auch unentwegt, ohne Pause. Ein Fehler an dieser Maschine, die ihn auf monotone Weise vor etwas bewahrte, konnte von einem Augenblick auf den anderen sein Leben beenden oder zumindest die Art und Weise, wie sein Körper mit dem Leben in Berührung kam.

Joseph Walser sah sich also unentwegt dem Feind gegenüber; doch da er effizient war und unentwegt eine präzise Aufmerksamkeit an den Tag legte, gelang es ihm Tag für Tag, Jahr für Jahr, diesen Feind auf eine Distanz zu halten, die es ihm erlaubte, ihn letztlich als Freund zu betrachten.

Joseph Walser liebte seine Maschine, doch er wusste, dass sie ihn hasste, ihn, den Menschen, und dass sie ihn deshalb nicht aus den Augen ließ; die Maschine beobachtete ihn unentwegt, suchte nach einem Fehler, wartete auf einen Fehler.

Joseph Walser fühlte sich in der Tat von ihr, von »seiner« Maschine beobachtet. Die Hierarchie ihrer beiden Existenzen war für ihn klar: Die Maschine stand hierarchisch höher. Sie konnte ihn vor etwas bewahren oder ihn zerstören; sie konnte eine schier unendliche Wiederholung in seinem Leben bewirken, konnte andererseits aber von einem Augenblick auf den anderen eine Veränderung seines Alltags bewirken. In keinem Augenblick verstand Joseph Walser seine Rolle als Angestellter, seine unterwürfige Existenz gegenüber der Außenwelt besser als während der Arbeit an seiner Maschine. Die Unterwürfigkeit, die man spürte, wenn er Klober gegenübertrat, war vollkommen unbedeutend gemessen an der, die er während der Arbeit zur Schau trug, wenn er sich an die Maschine presste, als würde er sie umarmen oder mit ihr ringen (je nach Blickwinkel). Nirgendwo sonst beherrschte ihn die Außenwelt so sehr, nirgendwo sonst richtete sich seine Energie so sehr nach außen wie in dieser Situation.

Seine Frau, der Vorarbeiter und sogar Menschen in höheren Positionen hatten ihm bereits jene Frage gestellt, doch an seiner Maschine hatte er es nie zugelassen, war er nie dem Fehler, dem gefährlichen Fehler der Unaufmerksamkeit und Nachlässigkeit verfallen; er durfte einfach nicht zulassen, dass »seine« Maschine ihm irgendwann dieselbe Frage stellte wie seine Mitmenschen: Mein lieber Joseph Walser, hören Sie mir auch wirklich zu?

2

Wegen seiner so gearteten Tätigkeit und dem ständigen Kontakt mit der gefährlichen Maschine, strebte Joseph Walser nicht nach größerer Intensität im Leben. Der Beginn des Krieges und die Besetzung der Stadt waren für ihn nahezu belanglose Ereignisse. Den Kriegsausbruch nahm er hin, als wäre er keine Neuerung, sondern eine Wiederholung. Das Gefühl zeitlicher Kontinuität war für Walser tatsächlich etwas Unzerstörbares, trotz der neuen Geräusche am Himmel, die von Maschinen und Hass in der Luft zeugten. Die Friedenszeit geht ein in die Kriegszeit, und Letztere wird später in eine andere Friedenszeit eingehen. Nichts wird unterbrochen. Nichts Wesentliches. Das Individuum wurde im Krieg nicht unterbrochen, es gab keine Zeiten der Unterbrechung: Es ist stets der Mensch, einen anderen gibt es nicht, es gibt keinen zweiten Menschen, sondern nur einen, nämlich den ersten; und der ist es – also derselbe Mensch wie vor Jahrhunderten und auch in der Zukunft –, der ist es, der gelangweilt durch alles hindurchschreitet, selbst durch den Krieg. Monotonie und Desinteresse.

Die menschliche Existenz, ihre Essenz, hat sich in dreißig Jahrhunderten und nach dreitausend Konflikten nicht um einen einzigen Zentimeter verschoben. »Wenn du die Existenz verschieben willst, wirst du das logischerweise nicht über einen Krieg schaffen«, hatte Walser den Vorarbeiter Klober einmal sagen hören.

Doch nicht einmal der Frieden wird den Menschen verändern, das ist klar. Die Würfel sind längst gefallen.

KAPITEL III

1

Jeden Samstagabend ging Joseph Walser zu Fluzst M., wo er zusammen mit drei weiteren Arbeitskollegen dem Würfelspiel frönte, mit niedrigen Einsätzen. Die fünf Männer arbeiteten alle in derselben Fabrik. Es waren einfache Arbeiter mit bescheidenem Einkommen. Im Laufe der Jahre waren sie sich über ihre Spielleidenschaft zwangsläufig nähergekommen. Es bestand keine spezielle Freundschaft zwischen ihnen, doch die Samstage, an denen einer fehlte, waren selten. Die eingesetzten Summen konnten, gemessen an anderen heimlichen Glücksspielen der Stadt, als gering eingestuft werden, doch im Verhältnis zu ihren Gehältern waren sie hoch. Die Männer waren alle verheiratet, und bei jedem der Spieler war das Hauptproblem die Ehefrau. Keine Frau nahm widerspruchslos hin, dass ihr Mann gewisse Summen im Spiel verlor.

Jede Woche durfte einer der fünf Männer einen Gast zum Spiel mitbringen. Alle fünf Wochen war also Joseph Walser an der Reihe, einen Gast mitzubringen, sofern er das wünschte; doch das war noch nie der Fall gewesen.

Die Würfel in der Hand vereinfachten die Welt.

Auf sechs Zahlen reduziert, setzte sich das Leben in jedem Würfel fest, als wäre dieser nicht nur Gegenstand eines Glücksspiels, sondern der konkrete Stoff, über den man zur erklärenden Formel für die auf Erden existierenden Kräfte gelangen konnte.

In diesen Stunden galt es, andere Entscheidungen zu treffen als jene, die der Alltag diesen Männern abverlangte. Die Spannung, die aus der Existenz unzähliger Möglichkeiten resultierte, verpuffte; dort, an diesem Tisch, begrenzte jeder Würfel die vorgegebenen Wege.

Und genau das bereitete Joseph Walser Vergnügen: das Gefühl, dass es dort endlich Grenzen gab. Nichts war unbekannt, es gab nicht dieses verwirrende Zusätzliche, dieses nicht sichtbare Zusätzliche. Nichts stand bevor, alles war bereits dort, im Spiel, nichts Neues konnte auftauchen und die Ereignisse durcheinanderbringen. Sechs Zahlen klebten fest an dem Würfel, und sie blieben dort. Eine siebte Zahl, eine siebte Möglichkeit gab es nicht. Das Limit war sechs.

Es war diese Exaktheit, die ihn erregte, diese durch unveränderbare Grenzen genau definierte Exaktheit, die jedoch Raum ließ für ihre merkwürdigen Entscheidungen, die eigentlich keine Entscheidungen waren. Er, und ebenso die anderen, akzeptierten, was die Würfel vorgaben. Er akzeptierte die Entscheidungen der Würfel. Die große Entscheidung, die es im Spiel gab, in diesem Spiel, war letztlich die weitreichende, eindeutige Entscheidung zu akzeptieren, dass man bereit war, sich bedingungslos zu unterwerfen, sich nicht in den Ablauf der Ereignisse einzumischen. Man akzeptierte, dass man außerhalb der Ereignisse stand, und warf die Würfel. Joseph Walsers große Entscheidung erfolgte also ein paar Stunden vor jedem Spiel.

Wenn er samstags nach ein paar Minuten des Zögerns aufstand, das Haus verließ und zu Fuß – nicht zu schnell und nicht zu langsam – durch die Straßen zu Fluzst lief, war die große Entscheidung schon getroffen: Er würde spielen.

Denn es war klar, dass selbst die Spielwürfel mehr Kraft zum Ausdruck brachten als die Spieler. Diese Männer waren es unter der Woche gewohnt zu gehorchen, und am Samstag begaben sie sich seltsamerweise in ein anderes System des Gehorsams: dem des Glücks, des Zufalls.

Wie anders wäre es doch, wenn Joseph Walser sich mit einem Geschicklichkeitsspiel vergnügen würde, in dem individuelle Fertigkeiten über Sieg oder Niederlage entschieden. Mit einem dieser Spiele beispielsweise, bei denen man zielen musste, wie bei jenen, die es in dem kleinen Vergnügungspark der Stadt gab. Viele Männer, auch einige der Arbeitskollegen, begaben sich am Samstagabend zu diesem Vergnügungspark und stellten ihre Intelligenz und ihre Muskelkraft zur Schau; Aktionen, mit denen sie sich später, in der darauffolgenden Woche, brüsteten.

Doch wie sollte man sich mit seinem Glück brüsten? Wie sollte man sich mit einer Erscheinung brüsten (jede Kombination von Punkten, die aufgedeckt wurde, erschien doch nahezu überraschend); und trotz der begrenzten Anzahl von Möglichkeiten gab es jedes Mal, wenn ein Würfel gefallen war, Ausrufe des Staunens seitens der Spieler.

Diese fünf Männer sahen sich also Erscheinungen gegenüber, Erscheinungen des Glücks oder des Pechs, mit hohen oder niedrigen Zahlen. Erscheinungen, Dingen, die in der Welt auftauchten, ohne dass es dafür Ursachen gab, Dinge, die vom Universum abgetrennt waren, weil sie reine Wirkungen waren, denen nichts vorausgegangen war, keine Logik, kein Gesetz; die Spieler warfen die Würfel auf den Tisch, und die Ergebnisse erschienen. Wie Gespenster, sagte Joseph Walser einmal.

2

Ehe diese Erscheinungen erfolgten, gab es eine unmittelbare körperliche Lust. Und zwar in dem Augenblick, da Joseph Walser die beiden Würfel nahm und sie in seiner Hand schüttelte, wobei er sich wie ein Koch fühlte, der zwei Gewürze mit der Hand vermengt.

Joseph Walsers rechte Hand bildete eine Muschel, in die er die Würfel bettete; man könnte auch sagen: eine Höhle, die zwei sich ähnelnde, aber unbewegliche, nicht atmende Tiere aufnahm, eine Höhle, in der das einzige Geräusch von den kleinen Zusammenstößen herrührte, die ausgelöst wurden durch die Bewegungen des Daumens und der übrigen Finger von Walsers rechter Hand.

In dem Augenblick, in dem Walser die beiden Würfel schüttelte, ehe er sie auf den Tisch warf, verspürte er eine unerklärliche Erregung, die er nicht benennen konnte. In diesen Momenten ballten sich in ihm Bilder aus der Vergangenheit zusammen oder auch frei erfundene Bilder, auf denen die Körperteile junger Frauen irgendwie mit den Punkten verschmolzen, die auf jeder Würfelseite für die Zahlen standen. Diese perverse Überlagerung von konkreten Bildern des menschlichen Körpers und den Würfeln löste wiederum in Walser ein etwas wirres Bild aus, das sich äußerlich in einem Lächeln manifestierte, das die anderen Männer am Tisch nur als obszön bezeichnen konnten. Walser verspürte – in dem Augenblick, da sein Daumen, sein Zeigefinger und die übrigen Finger die Würfel über die Handfläche der geschlossenen Hand rollen ließen – ein Gefühl von Kontrolle, das er sonst in keiner Lebenssituation wiederfand. In diesem Augenblick spürte Walser, dass er die Welt kontrollierte, dass er sie manipulierte, dass er sie über eine winzige Veränderung der Fingerbewegungen Ja oder Nein sagen lassen konnte. Als hinge das Ja oder das Nein der physischen Welt in diesem Augenblick ausschließlich von der Ausrichtung seines Daumens ab.

An diesem Abend jedoch beschloss Joseph Walser nach einer Stunde, mit dem Spielen aufzuhören.

»Wir haben doch gerade erst angefangen«, beschwerte sich Fluzst, trotzdem rechnete Walser ab und verabschiedete sich.

Ohne zu wissen, weshalb. Er war unruhig.

3

Es war nicht wegen des Krieges; Walser hatte vor langer Zeit beschlossen, neutral zu bleiben. Die Armee war bereits in die Stadt vorgedrungen, aber das interessierte ihn nicht. Für ihn war der Krieg wie eine Wissenschaft, die er nicht beherrschte: Er begriff ihn nicht, verstand seine Methoden, Strategien und seine Art zu rechnen nicht. Über das, was ich nicht verstehe, darf ich nicht reden, sagte sich Walser, und noch viel weniger darf ich handeln, wenn ich etwas nicht verstehe. Was man nicht versteht, sollte man sich lediglich ansehen. Mehr nicht.

Der Krieg war eine Wissenschaft, die sich einer undurchsichtigen Terminologie bediente, und so wie Walser sich bei Unterhaltungen über Themen, die er nicht beherrschte, befangen fühlte und sich niemals einmischte, hatte er beschlossen, sich nicht in den Krieg einzumischen. Die Fabrik, in der er arbeitete, funktionierte weiterhin normal, sein Arbeitsplatz blieb bestehen, seine Aufgaben hatten sich nicht gewandelt, er hatte nicht einmal die kleinste Gewohnheit geändert; es blieb also alles beim Alten.

Auch seine Sammlertätigkeit hatte er nicht eingestellt; seine geheime Sammlung wuchs unaufhörlich, und nun, da Panzer und andere Militärmaschinen in die Stadt gekommen waren, standen die Chancen besser, dass seine Sammlung sich als ungewöhnlich erweisen würde.

Alles war somit ruhig, sein Leben weiterhin unberührt, unverändert. Der schmutzige Monat, den man vorausgesagt hatte, war offensichtlich nicht gekommen, oder er war gekommen, hatte aber Walsers Leben nicht berührt. Wenn ich den Schmutz nicht verstehe, wenn ich ihn nicht entdecke, wenn ich seine Sprache nicht verstehe, bleibe ich sauber. Und Walser fühlte sich sauber.

An diesem Abend hatten seine Würfelfreunde von einem Pferd erzählt, das seit Tagen in einer Straße herumlag, tot, und täglich mehr verweste, doch er hatte nicht einmal die Neugier verspürt zu fragen, wo sich diese Straße befand. Er hoffte nur, dort nicht vorbeizukommen, das war alles.

Die Unruhe war inzwischen verflogen. Es war halb elf, und da er nie vor Mitternacht nach Hause kam, befand er sich nun quasi auf einem Spaziergang, er hatte keinerlei Eile, seine Schritte waren langsam, und er fühlte sich vollkommen sicher, trotz der Gerüchte über Gewalt in bestimmten Ecken der Stadt. Er war zu unbedeutend, als dass jemand ihm auflauern, als dass jemand ihm Gewalt antun würde. Niemand wird seine Gewalt gegen einen Menschen wie mich richten, dachte Walser und war eher stolz als beschämt über dieses Empfinden. Er wanderte seelenruhig durch die Nacht, ohne Angst, ohne dass ihn jemand störte. Was wollte er mehr?

Plötzlich sah Joseph Walser, wie eine Frau mit kleinen, aber eiligen Schritten aus einem Haus herauskam und davonhastete, die Kapuze tief ins Gesicht gezogen.

Joseph Walser lächelte vor sich hin, die Hände in den Hosentaschen vergraben: »Schon wieder ein Ehebruch«, murmelte er. Doch sein Lächeln erstarb sogleich wieder: Angestrengt blickte Walser auf die Gestalt, die schnell und zielstrebig davoneilte. Er erkannte die Jacke, er erkannte die Schuhe: Es war seine Frau.

KAPITEL IV

1

Er wollte nicht sofort nach Hause zurück. Schließlich hatte er Zeit und musste nachdenken.

Joseph Walser schritt nun anders einher, war jedoch keine Minute stehen geblieben. Seine Frau war bestimmt schon zu Hause. Er sah sich um: Allmählich gelangte er in Straßen, die ihm weniger bekannt waren. Er machte kehrt. Wollte nachsehen, aus welchem Haus seine Frau gekommen war.

Nun stand er vor dem Haus, aus dem seine Frau gekommen war. Es bestand kein Zweifel, dies war das Haus.

Margha Walser ging selten aus, und niemals abends. Es wohnte auch keiner ihrer Freunde in dieser Straße. Joseph wusste ganz genau, was passiert war. »Dumme Kuh«, flüsterte er.

Die Lichter waren aus. Man hörte keinerlei Geräusch. Vor dem Haus lag ein Garten, umgeben von einem Gitterzaun. Es war ein anständiges Viertel.

Walser drehte eine Runde, betrachtete das Haus von hinten. In einem Zimmer brannte Licht, doch Geräusche gab es kaum. Jemand war allein dort drin und machte sich vielleicht gerade bettfertig.

Es wurde langsam kalt. Ohne sich zu bewegen stand Walser vor der Hinterfront des Hauses, ein paar Meter vom Gitterzaun entfernt.

Er beobachtete nur; ein paar Bilder kamen ihm in den Sinn, waren aber sofort wieder weg. Er versuchte, an nichts zu denken, doch das Bild seiner Frau, die mit kleinen, verschämten Schritten aus diesem Haus kam, ließ ihn nicht los.

Das einzige Licht ging aus. Das Haus lag nun völlig dunkel da. Er sah auf die Uhr. Dann tat er ein paar Schritte, warf einen letzten Blick auf die Vordertür und ging schließlich weg.

2

Die gütige Stadt beseitigt den Dreck, den die Hölle hinterlassen hat. Manche Herzen wurden von einem hellen Metall durchbohrt, wurden gestraft durch das, was im Krieg keineswegs unnütz ist: die dichte, mit dem Leben nicht vereinbare Materie. Der Tote wirkt wie ein Teil des Herbstes, drei heisere oder leise sprechende Männer heben die tote Masse mit der für das Wohl der Stadt so wichtigen Hygiene hoch; zwischen den leichten, braunen Blättern der ebenfalls braune, aber schwere Leichnam. Die Stadt ist effizient. Am Himmel gibt es eine andere, unerschrockene Welt.

Dennoch bleiben Bruchstücke von Freude erhalten und wachsen. Eine Frau verkauft Blumen, der Hund schnüffelt mit erhobener Schnauze, als strahlten die Vögel starke Gerüche aus oder die Wolken. Doch der Himmel kann nicht erschnüffelt werden, es sei denn nach einem heftigen Regen; nach drei Stunden Wasser riecht der Himmel, und kein Geruch ist an diesen besonderen Tagen menschlicher. Die Stadt atmet. Man spricht von fernen Ernten, und Früchte treffen aus allen Himmelsrichtungen ein: Auf Bäumen gewachsen, dringen sie in die Domäne der Menschen vor. Die Natur ignoriert die technischen Gegebenheiten, die euphorischen Hubschrauberblätter, die nur danach gieren, tödliche Fähigkeiten unter Beweis zu stellen.

Und die Menschheit als Ganzes ist unerreichbar. Sie ist eine Gattung, die in allen Hohlräumen der Welt überlebt, eine Gattung, die heftigen Temperaturen, gewaltigen Bomben und auch der Intensität trotzt, die die Liebe in bestimmten Augenblicken in bestimmte Körper legt; die menschliche Gattung reckt weiterhin den Hals, wie ein intelligenter Schwan, blickt über Mauern; während Jugendliche, die so tun, als interessierten sie sich für die Nachrichten des Landes, schließlich so tun, als rutschten sie aus, in der friedlichen Absicht, den Mädchen unter den Rock zu schauen, welche wiederum so tun, als seien sie interessiert an der Heimat und ihren Problemen. Alles lügt. Es ist Sonntag, und ein paar Lebensmittelläden der Stadt haben geöffnet. Noch immer gibt es ganz bemerkenswerte Birnen, und die körperliche Präsenz einer Gruppe von Äpfeln in einer Kiste verwundert jene, die bereits die Gewalt der Militärs gegenüber Zitternden und Schwachen erlebt haben.

Die Bösartigkeit ist eine Kategorie des Verstandes. Sie ist keine übernatürliche Erfindung, und sie erwächst auch nicht aus Substanzen, die zu den essbaren Pflanzen zählen. Die Bösartigkeit ist eine Kategorie des Instinkts, ja, aber auch der Vernunft, der Intelligenz. Als wäre sie eine Etappe, die das mathematische Gehirn beim Versuch, ein Zahlenproblem zu lösen, zurücklegt. Deduktion, Induktion, Bösartigkeit.

Doch weitaus verbreiteter als die Bösartigkeit ist diese universelle Gleichgültigkeit, die daraus erwächst, dass alle unsere Körper auf gewaltsame Weise voneinander getrennt sind, selbst in friedlichen Zeiten. Jede Materie ist mit der anderen unvereinbar, und gewisse Namenswiederholungen versuchen, das Augenfällige zu verschleiern: Es gibt keine zwei Materien mit demselben Namen.

Ein großer Teil der Stadt wurde von dieser neutralen Armee, die keine Armee ist, erobert: der Gleichgültigkeit. Willst du überleben, dann steck deinen Mut in eine Plastiktüte und warte ab.

Die Restaurants sind geöffnet. Joseph Walser geht manchmal sonntags mit seiner Frau mittagessen. Einfach so.

Es ist Sonntag, und die entschlosseneren unter den Paaren küssen sich. Eingefahrene Beziehungen mögen keine Abweichungen. Ein Mann vergnügt sich mit einem Glas Wein in der Hand. Alte Nachbarinnen sitzen weiterhin hinter den Fenstern zur Straße, um früh zu erahnen, wer die Frau eines anderen stiehlt. Zwei Männer zünden sich am selben Streichholz ihre Zigarette an, doch jeder raucht seine eigene Zigarette. Sie tauschen Nettigkeiten aus. Jede individuelle Geste zieht eine deutliche Grenze zwischen zwei Körpern: Ich bin ein Körper, mit Gesten, die dir vielleicht nicht gefallen. Meine Gesten sind nicht verantwortlich für deine Freude.

Ein Mann, der eine Mandarine verzehrt hat und Wein trinkt, hält eine komplexe Rede, um bestimmte neue Ereignisse zu rechtfertigen. Einige aufmerksame Mitbürger erkennen den Hintersinn seiner Worte und gelangen zu der Gewissheit, dass das Leben unveränderlich weitergeht, so lange, wie die Tatsache, dass man heute am Leben ist, noch eine Verbindung hat zu der, dass man gestern am Leben war. Die wesentlichen Eigenschaften des Lebens bleiben. Und welche Eigenschaften sind das? Hier seien einige genannt: Es gibt Wasser und frische Luft, du kannst deine Zehen bewegen, auch wenn du sonst vollkommen unbeweglich bleibst, es ist erschreckend, wie du deine Zehen bewegen kannst, auch wenn du unbeweglich bist. Das Leben verfügt über gewisse schizophrene Eigenschaften, siehe diese.

Beachte: Die Stadt ist weiterhin neugierig, viele Einwohner wollen ihre Nebenkenntnisse erweitern, während andere auf offener Straße, kein bisschen verborgen, standrechtlich erschossen werden. Ein Nachbar von Joseph Walser hat sich gestern bei einer Sprachenschule angemeldet. Erwachsene Menschen lernen brav, auf korrekten Stühlen sitzend, die ersten Silben einer unbekannten Sprache. Und es darf sogar eine Sprache sein, die nicht die der Sieger ist; manchmal ist das schulische Lernen auf obszöne Weise unnütz: Eine Frau aus einer Straße der Stadt hat begonnen, eine exotische Sprache zu erlernen, aus einem Land mit wenigen Einwohnern und wenig Bedeutung. Würde man diese Frau fragen, warum, so würde sie sagen: Neugier.

Männer und Frauen bewahren sich ihre Neugier, was in Kriegszeiten fast wundersam ist, eine Kostbarkeit; wie ein Krug, der nicht zerbricht, ist die Neugier ungebrochen; nicht diese auf wichtige, dringende Ereignisse gerichtete Neugier, sondern jene, die in dunkle Ecken dringt: Mehr als nur eine Frau hat sich gestern in einen Kurs über die Bedeutung der Sternenbewegungen eingeschrieben. Kriegerische Flugzeuge werden so für einige Leute zu Hindernissen in ihrem Sichtfeld, zu lärmenden Staubpartikeln, die nicht erkennen lassen, was im Alltag der Sterne passiert. Wenn man sich für das schämt, was man nicht tut, hört man die Nachrichten über das Naheliegende wie aus weiter Ferne; das gesamte Hörvermögen wird bestimmt von Techniken des Zynismus, mit denen Interesse vorgetäuscht wird. Es gibt keine Formeln für die Gleichgültigkeit, und es gibt verschiedene Arten zu überleben, die Neutralität ist eine davon.

Unterdessen küsst sich ein verliebtes Pärchen erneut und beschließt, die Hochzeit nicht aufzuschieben. Solange dein Schatten deinen ganzen Körper auf dem Boden wiedergibt, bist du lebendig und vollständig.

KAPITEL V

1

Den ganzen Sonntagnachmittag verbrachte Joseph Walser in seinem Arbeitszimmer mit seiner Sammlung, hinter verschlossener Tür. So waren viele Sonntage. Diese Kammer gehörte ausschließlich ihm, nur er besaß den Schlüssel.

Margha wusste nicht einmal, was sich darin befand. Sie hatte die vage Vorstellung, dass die Sammlung ihres Ehemanns aus Metallstücken bestand, richtig verstanden hatte sie es aber nie. Sie stellte keine Fragen. Und sie wagte es auch nicht, das Arbeitszimmer ihres Mannes zu betreten, klopfte nur im äußersten Notfall dort an.

»Es ist meine Sammlung«, sagte Joseph Walser mit schroffer Einsilbigkeit.

Sie hatte schnell gelernt, diesen Raum ihres Mannes zu respektieren: Er war wie ein offenes Geheimnis, als solches existierte er dort, sichtbar, im eigenen Haus. Joseph Walser war ein kompetenter, ernsthafter Mensch, und es wäre lächerlich, wenn Margha ihm wegen dieser Sache, die zwar eine Obsession war, aber dennoch friedlich und folgenlos, Schwierigkeiten bereiten würde.

Diese Kammer ersetzte das Zimmer der Kinder, die sie sich nie gewünscht hatten, sie war der kindliche Raum im Haus, so wenigstens bezeichnete Margha sie. Joseph verbrachte dort, in diesem von innen abgeschlossenen Raum praktisch seine ganze Freizeit.

»Gestern bist du spät gekommen«, sagte Margha.

»Ja«, antwortete Joseph Walser, »das Spiel hat länger gedauert.«

2

Als Joseph Walser am Montag Feierabend hatte, ging er nicht sofort nach Hause. Er hatte darum gebeten, ein wenig früher freizubekommen, und begab sich nun festen Schrittes zu dem Amt, in dem die Eigentümer der Wohnungen und Häuser der Stadt gemeldet waren.

Er hatte die Anschrift auf einem Blatt Papier notiert, doch das zerriss er sogleich wieder. Er brauchte es nicht mehr.

Das Haus, aus dem Joseph Walser seine Frau hatte kommen sehen, war die Nummer 48 der Rua Krumpfrot. Er schnappte sich die Liste mit den Adressen, Telefonnummern und Namen und begann zu blättern. Rua Dorlein, Rua Kasch M., Rua Krumpbil, Rua Krump Datsch, Rua Krumpfrot.

Krumpfrot. Da hatte er es. Mit dem Zeigefinger der rechten Hand fuhr er Zeile für Zeile nach unten, während er mit leiser Stimme die Namen murmelte:

Rua Krumpfrot 26: Ortho Dudvik

Rua Krumpfrot 38: Bothor Blau

Rua Krumpfrot 46: Blorghst Vrulbn

Rua Krumpfrot 48: Klober Müller.

KAPITEL VI

1

An jenem Samstagabend bei Fluzst hatte das Spiel nicht wie sonst geendet. Kurz nachdem Joseph Walser gegangen war, ruhten die Würfel. Man sprach über den Krieg; die Stadt war inzwischen praktisch besetzt, und es war ein Leichtes gewesen. Es fielen bereits ein paar Namen von Ermordeten; andere waren geflüchtet. Irgendwann sagte Fluzst: »... eine Gruppe, die hier drin wie ein Sabotagesystem funktioniert. Kleine Regelverstöße erlangen mit der Zeit eine große Wirkung.«

Die anderen verharrten schweigend. Die Tür war längst geschlossen worden, ihre Unterhaltung konnte also keinesfalls von Clairie, Fluzsts Frau, mitgehört werden.

»Ich möchte nicht, dass meine Frau davon erfährt«, hatte er gesagt.

Es herrschte ein verschwörerisches Schweigen. Eigentlich sprachen nur Fluzst und Blukvelt, die anderen beiden Würfelkumpane hörten zu. Manchmal sagte jemand: »Das ist gefährlich.«

Fluzst war am engagiertesten.

»Wir brauchen nicht Geduld, was wir brauchen ist Ungeduld, Aufregung. Planung und Aufregung.«

2

Überall in der Stadt zeigte sich bereits eine Faszination für große Waffen, für starke Herrschaft. Einen großen Herrscher haben; große, starke Befehle entgegennehmen, das vermittelte mehr Sicherheit, als schwache Befehle zu erhalten.

»Wir sind mutiger, wenn wir starke Befehle erhalten«, sagte einer der vier. »Und das lässt sich bei den meisten Menschen beobachten.«

»Wir dürfen ja schon nicht mal mehr über unsere Sätze bestimmen«, sagte Fluzst, »gestern wurde ich auf offener Straße gerügt, weil ich ein Sprichwort verwendet hatte. Sie haben mir gesagt, diese Sprache sei nicht mehr angebracht.«

»Es gibt weniger Sätze in der Stadt, und das ist merkwürdig, weil es mehr Menschen gibt. Man bekommt schon Angst vor dem Mund, der spricht, so wie man Angst hat vor dem Mund von Prostituierten, die offensichtlich krank sind«, bemerkte einer.

Es gab mehrere Lacher nach dieser unpassenden Bemerkung. Sie waren alle nervös.

An diesem Abend wurde es mehrmals still zwischen den vier Männern, was beim Spielen niemals vorkam. In einem dieser Augenblicke der Stille sagte einer: »Der Walser fehlt.«

»Ich trau ihm nicht«, antwortete Fluzst. »Keiner fehlt.«

KAPITEL VII

1

Er betrat seine Arbeitsstätte pünktlich. Mit seiner starken Hand schüttelte er die starke Hand Klober Müllers, seines Vorgesetzten. Sie sahen sich ein paar Sekunden lang an, ehe Josephs Blick auf die noch immer vereinten Hände hinabwanderte. Der Händedruck – eine Gepflogenheit unter Lebenden – wurde beendet. Walser fühlte sich sichtlich unbehaglich. Es waren ein paar Wochen vergangen.

»Lieber Joseph«, sagte Klober, »die Totengräber verwenden bereits neuartige Schaufeln, beschleunigen die Muskelgeschwindigkeit und erhöhen dadurch die Durchschnittsgeschwindigkeit dieses Arbeitsgeräts, einer Erfindung dieser keineswegs langsamen Zeiten, mein Freund. Es gibt eine gewisse Vorahnung, dass große schwarze Plastiksäcke unterwegs sind, viele Dichter lesen noch mit sanfter Stimme Gedichte, aber einigen von ihnen wurden bereits die Beine abgerissen. Die Existenz, mein Lieber, hört bereits auf zu existieren, was, aus einer bestimmten Perspektive betrachtet, absolut erstaunlich ist. Der Kreis verengt sich in Richtung Mitte, bis er nur noch ein Punkt ist. Freund Walser, sehen Sie das, was ich sage, nicht als kleine, belanglose Geometriestunde, was gerade passiert, wird nicht nur in Büchern aufgezeichnet werden, ordentlich dokumentiert und mit großen Fotos illustriert; was gerade passiert, wird auch in die Überlebenden eingeschrieben werden, weil es immer Überlebende gibt, Walser, und an ihnen zeigt sich, so erstaunlich das auch klingen mag, der Tod am deutlichsten. Die Toten sterben, so ist das, und das ist nichts Neues. Sie werden bestattet, versteckt, verschwinden schnell; und das Verschwinden wird von den zarten Seelen am ehesten ertragen. Angesichts dessen, was verschwindet, angesichts dessen, was man nicht mehr sieht, angesichts des Unsichtbaren: Wer ist da schon gerührt? Nur Verrückte rührt das Unsichtbare, und Sie, mein Wertester, wollen doch nicht – wie bereits so manch anderer ordentlicher Bürger dieser Stadt – als verrückt gelten. Die Verrücktheit ist eine unangenehme Tatsache, sie macht sich nicht gut in einer Biografie.

Aber es gibt eine Tendenz, mein lieber Joseph Walser, eine Tendenz zu fundamentalen Dingen, denen wir noch keine Namen zuordnen können. Der Mensch strebt auf einen Endpunkt zu, das ist eindeutig. Man muss keine komplexen geometrischen Figuren studieren, jeder Trottel versteht, was es heißt, Angst zu haben, was Panik ist, und die ganze Stadt tendiert dazu.

Es gibt jedoch einige Menschen, die bereits eine übermäßige Unvollkommenheit zur Schau stellen: Ein paar von ihnen sind in den Wald geflüchtet, und sie sind nicht nur bewaffnet, sondern schießen auch, mein Lieber. Eine absolute Überreaktion, das mit dem Schießen.

Freund Walser, ich kenne Ihren Charakter und Ihren Mut, und ich weiß genau, wozu ein Mensch wie Sie in der Lage ist. Wie sehr müssen Ihre Feinde Sie fürchten! Sie und viele andere Menschen bilden das Fundament dieser Stadt, sind ihr Zentrum. Sie, mein Freund, werden nie von hier weggehen, werden Ihr Zuhause niemals verlassen, zumindest nicht, solange seine Grundfesten mannhaft aufragen und Ihren Kopf vor den kalten Ostwinden schützen. Mein Wertester, Sie werden nicht in den Wald flüchten.

Sie sind ein Mann des guten Geschmacks, Walser, das erkennt man an all Ihren Entscheidungen: Sie haben eine interessante Frau, ein perfekt konstruiertes Haus mit guter Luftzirkulation und gutem Rauchabzug; vielleicht haben Sie sogar einen kleinen Garten, in dem Sie manchmal, wenn Ihnen unwohl ist, Ihren Magen entleeren, wenn dieser nach übermäßigem Weingenuss krampft. Mein lieber Walser, solange der Wein wie Muttermilch in Ihren Körper fließt, werden Sie, mein Wertester, keinen Muskel zur Verteidigung des Vaterlandes rühren. Die Bedeutung des Wortes Vaterland für Sie und für alle einigermaßen umsichtigen und vernunftbegabten Menschen beschränkt sich auf gewisse Feiertage und gewisse friedlichere Jahre. In Friedenszeiten Patriot zu sein, heißt feige zu sein! Weil es zu einfach ist; aber unser lieber Walser verdient diese Worte nicht, weil er zumindest ein zuverlässiger Mensch ist: Wir wissen ganz genau, was er tun, auf welcher Seite er stehen wird, wenn die Sieger feststehen. In Augenblicken der Verwirrung ziehen Sie sich zurück wie ein vernunftbegabtes Tier; Ihre Intelligenz ist bewundernswert, Walser, und ich weiß, die Tatsache, dass Sie nicht viel reden, ist lediglich ein Ablenkungsmanöver, und wieder mal ein brillantes. Sie werden überleben, und das haben Sie verdient. Sie werden am Ende auf perfekte Weise die wichtigsten Seiten der künftigen Geschichtsbücher illustrieren. Ich sehe in Ihnen eine gewisse grafische Veranlagung, ein klares Empfinden, wo die Fotos von Bombardierungen am wirkungsvollsten zu platzieren sind, und wo die Fernsehdiskurse, die übertragen wurden in die Sprache derer, die die meisten Waffen zur Verfügung hatten. Sie, Walser, sind das, was man einen vielseitigen Arbeiter nennen könnte, und das sieht man an Ihren Augen: Sie werden das Nötige tun, um sich Ihre Gewohnheiten zu bewahren. Ihr Urin wird vom Anfang bis zum Ende des Krieges stets die gleiche Konzentration haben. Man sieht, dass sich Ihr Körper aus gleichbleibenden Substanzen zusammensetzt; mich befremdet sogar die Vorstellung, dass Sie einmal altern könnten. Sie sind von einer erstaunlichen Unvergänglichkeit, die perfekte Kopie von dem, was hierzulande gemeinhin als weise bezeichnet wird. Herrscht Verwirrung, dann zieht sich der Umsichtige zurück und der mutige Trottel tritt vor; so funktioniert die Geschichte, und Sie, mein Freund, sind einer ihrer Protagonisten.

Mein lieber Joseph Walser, es stimmt, ich habe bereits erlebt, dass Sie Vorahnungen hatten, aber vermeiden Sie sie, denn Vorahnungen ermüden zu sehr die Intelligenz. Ich werde es Ihnen gleich erklären, damit Sie nicht unnötig Energie vergeuden. Lieber Walser, vergessen Sie niemals, dass Sie einer unserer besten Angestellten sind. Man bringt Ihnen zunehmend Respekt entgegen, trotz ihrer unverantwortlichen Schuhe. Aber ich will diese Rede nicht zu sehr auswalzen. Lieber Freund, lieber Joseph Walser, ja: Ich schlafe mit Ihrer Frau, und falls es Sie interessiert, ich bin nur mäßig begeistert. Aber in Bezug auf Sie habe ich keine Zweifel, und ich hoffe auch, dass ich sie nie haben werde. Joseph Walser: Ich bewundere Sie.«

KAPITEL VIII

1

Mit jedem Tag, der verging, stieg Fluzst M. tiefer in die verwirrenden Aktivitäten der neuen menschlichen Ordnung ein. Nachts traf er sich mit anderen; sie murmelten Substantive, verringerten die Klangintensität ihrer Sprache und vergrößerten die Nähe zwischen Wörtern und Taten. Wörter allein waren noch keine Taten, doch einige lasteten so schwer auf den Körpern derjenigen, die sie formulierten, dass ein Nichthandeln zur obszönen Feigheit geworden wäre, unerträglich für jeden, der es schaffte, sich selbst mit dem Blick des Außenstehenden zu betrachten.

Orte wurden verabredet, die Stadt schien sich verdoppelt zu haben, und nachts existierte nun eine andere, eine zweite Stadt. Als Sieger braucht man nicht geheimnisvoll zu tun, doch in der Position des Besiegten ist dies unerlässlich. Nur die Stärksten haben das Recht, ausschweifend und vorhersehbar zu sein, die Eintönigkeit ist ein Privileg der großen Höhen und der Klarheit, des Lichts, das pragmatisch über allem Existierenden verteilt wird. Die Helligkeit ist der Stärke vorbehalten, die planende Schwäche spart mit einer solchen Knausrigkeit an Glühbirnen, dass sich Angst und Strategie vermischen. Fluzst hatte die Länge seiner öffentlich ausgesprochenen Sätze verringert, war zurückhaltend geworden; samstags wurde weiterhin bei ihm zu Hause gewürfelt, doch die Stimmung hatte sich verändert. Es herrschte nun ein aggressives Misstrauen unter ihnen.

2

Wieder steht Joseph Walser vor seiner Maschine. Die Arbeit läuft makellos ab, unbeschadet vom Leid der anderen.

Die Betriebe des Imperiums Leo Vast, zu dem die Fabrik zählt, florieren. Die Welt ist vielfältig, auch innerhalb eines Raumes. Eine Fläche von ein paar Quadratmetern kann mehrere übereinandergestapelte Leichname verbergen oder aber das Versprechen eines Gartens enthüllen. In einer Stadt existieren Hunderte von Städten; es reicht nicht, Mensch zu sein, um eine zu gründen, aber fast.

Es geht um Folgendes: Jeder Überlebende und jede Angst begründen die Möglichkeit einer Stadt, einer zeitweiligen, fragilen Metropole zwar, aber das sind sie alle.

Joseph Walser macht nun eine kleine Pause, verlässt seine heiße Maschine, die ihm nach zwei Stunden durchgängigen Betriebs fast den Atem raubt. Die Unterbrechungen werden von Mal zu Mal nötiger, da sich die extreme Hitze der Maschine und seine Müdigkeit mit den Geräuschen von Sirenen mischen, die während der kurzen Ruhezeiten des nur wenige Zentimeter vor seiner Brust befindlichen Motors durch die Fenster zu ihm dringen.

Joseph Walser wird alt, empfindet aber immer noch diese Bewunderung für »seine« Arbeitsmaschine und all ihre Mechanismen. In bestimmten Augenblicken verwechselt er das Geräusch des Motors und dessen Rattern mit seinem Herzschlag, weil beide »Organe« in vollem Gang, in voller Erregung sind und sich, so aneinandergeschmiegt, miteinander vermischen, was bei Walser manchmal zu lächerlichen Aufregungen führt, wenn nämlich zu bestimmten Uhrzeiten, zu genau festgelegten Uhrzeiten, der Motor der Maschine auf einmal aussetzt. Dann nimmt Walser die Verbindung wahr, die zwischen seinem Körper und der Maschine besteht. Das plötzliche Aussetzen löst auf seiner Haut eine augenblickliche Kälte aus, ein flüchtiges, aber so unangenehmes Gefühl, dass er sogar schon in Wissenschaftsbüchern recherchiert hat, was genau ein Mensch empfindet, wenn sein Herz versagt. Walser versucht zu verstehen, ob die brutale Trennung seines funktionierenden Herzens vom funktionierenden Maschinenmotor nicht etwas ganz Ähnliches ist wie die Trennung des Herzens eines Menschen von diesem Menschen selbst. Er hat gelesen, dass ein nicht tödlicher Herzinfarkt so dargestellt wurde: Das Herz entfernt sich mit großer Geschwindigkeit von uns … doch dann kommt es wieder zurück.

Das Herz entfernt sich vom Rest des Körpers. Es entfernt sich, das war das entscheidende Wort. Es gab also bei Herzinfarkten eine zurückgelegte Distanz, eine innerlich zurückgelegte Distanz: Eines der lebenswichtigen Organe entfernte sich, marschierte in entgegengesetzter Richtung zum restlichen Körper. Und das war es, was Walser empfand, wenn er erregt und völlig beansprucht war vom Funktionieren seiner Maschine und diese dann plötzlich anhielt; und dabei hielt sie nicht einmal aus einem unbekannten Grund an, nicht aufgrund von etwas, das einer Überlegung bedurfte, um verstanden zu werden, sie hielt einfach an, weil es zwölf Uhr war, und weil um zwölf Uhr die Motoren sämtlicher Maschinen in der Fabrikzentrale abgestellt wurden.

Walser starb nicht, das wurde ihm eine Sekunde nach jedem Stillstand bewusst, doch das unmittelbar danach empfundene, nicht rational nachvollziehbare, nicht erklärbare Gefühl war das einer Traurigkeit im ganzen Körper. Walsers ganzer Organismus wurde melancholisch, so könnte man es fast nennen, kaum dass der Motor aussetzte, und er begriff, dass dort zwei Dinge im Spiel waren: die Maschine und er. Zwei unvereinbare Dinge, die man voneinander entfernen konnte. Und die Melancholie erwuchs aus dieser Erkenntnis: Die Maschine und er waren zwei Dinge, die man trennen konnte. Stand der Motor still, erlebte Walser sich explizit in der Welt; er sah sich um: Alle Dinge konnten voneinander getrennt werden.

Während dieser Unterbrechung tat Walser manchmal etwas, das, beobachtete man es von Anfang bis Ende, Anlass böte, ihn als verrückt einzustufen: Er trat an einen der Arbeitstische an der Wand und zerrte daran, als wollte er die Kraft spüren, die für eine Trennung benötigt wurde, und gleichzeitig sehen, wie leicht man diese Handlung ausüben konnte. Der Tisch war aus massivem Holz, ein schwerer, kompakter, mit Instrumenten beladener Tisch; und statt die Zeit des Motorenstillstands zum Ausruhen zu nutzen, trat Walser unvermittelt, ohne dies vorher zu planen, an diesen Tisch und zog ihn anschließend mühsam von der Wand weg. Mehrmals war er gerügt worden für diese ineffiziente und leicht irritierende Handlung, doch es war klar, dass die Fabrik nicht einstürzen würde, nur weil er den Tisch ein paar Zentimeter von der Wand abrückte. Und dennoch war diese Handlung vollkommen unnötig.

»Lieber Walser, wie oft habe ich Ihnen schon gesagt, dass der Tisch an der Wand stehen bleiben soll? Hören Sie mir überhaupt zu, mein Wertester?«

Walsers völlig weltfremder Gesichtsausdruck ärgerte Klober und die anderen Angestellten, doch gleichzeitig war klar, dass diese Handlung keine Provokation darstellte. Eine provozierende Handlung seitens Walsers war undenkbar. Diese kleine, oftmals wiederholte Irritation wurde also trotz allem gänzlich unterbewertet von Walsers Vorgesetzten, die sie als Auswirkung einer etwas seltsamen, aber vernunftbegabten Persönlichkeit sahen. Von außen betrachtet war diese kleine Handlung also lediglich eine Exzentrik.

An diesem Tag nun nahm Joseph Walser seine Arbeit nach der kurzen Unterbrechung um sechzehn Uhr wieder auf, presste seinen Körper an die Maschine und stellte sich darauf ein, die gewohnten Handgriffe auszuüben. Der Motor sprang wie vorgesehen um sechzehn Uhr zehn an. Walsers Brust lehnte an einem Metallteil, das im unteren Bereich, auf Magenhöhe, leicht drückte; seine Füße waren eingespannt, ein jeder auf seinem Pedal, und sie fanden gerade hinein in den Rhythmus, den er wie üblich zwei Stunden lang durchhalten würde; seine Hände lagen bereits an den richtigen Stellen und fügten sich exakt, nur die nötigsten Handgriffe zulassend, in den Betrieb ein. Auf einmal spürte Walser, dass sein linker Ärmel irgendwo festhing, und er löste die andere Hand einen Augenblick lang von ihrem Hebel, um dieses unvorhergesehene Problem zu lösen. Da glitt die Hand plötzlich an der Maschine entlang, und ein unglaublicher, alle anderen Geräusche der Fabrik übertönender Schrei entfuhr dem Mund des Angestellten Joseph Walser.

TEIL II

KAPITEL IX

1

Von seinem Krankenhausbett aus beobachtete Joseph Walser den Kranken, der seit einigen Minuten schallend lachte. Der Mann, dick, konnte sich kaum bewegen auf seinem Bett, und jeder Lacher schüttelte seine Brust komplett durch. Ein Krankenpfleger bat ihn, sich zu beruhigen.

Dann und wann gruppierten sich im Flur zusammenhanglose Geräuschfetzen zu einem festeren, Sinn ergebenden Ganzen, und in diesen Augenblicken hatte man das Gefühl, das Krankenhaus würde überfallen. Schnell jedoch zerstörten die Geräusche diese Struktur wieder, die formlose Inkohärenz kehrte zurück, und nichts schien sich verändert zu haben. Männer, die schwache Töne ausstießen, wurden von solchen gestützt, deren Stimmen noch männlich und gesund klangen. Es war die Aufgeregtheit in den Tönen und die Art, wie die Wörter sich aufbauten oder nicht, die Walser Gesundheit von Krankheit unterscheiden ließen, zumal er von seinem Zimmer aus niemanden sehen konnte außer seinen dicken Bettnachbarn, der seinen Aufruhr endlich beendet hatte.

In Walsers Körper schien die Empfänglichkeit für Töne auf das Maximum gestellt zu sein, als gäbe es dafür einen Schalter. Unzulänglichkeiten des Raums, in dem er sich befand, waren eine Folge von Störungen des Tons; verwirrten die Geräusche aus dem Flur und den anderen Krankenzimmern ihn, so empfand er die Qualität des Raums als schlechter.

Knappe Töne kamen von Pflegern und Ärzten in Aktion. Dieser merkwürdige Zusammenhang war bereits eindeutig: Wer in Aktion war, sprach wenig, und wenn, dann wirkte er unmenschlich, fast bösartig. Doch genau jene, die vom allseits hörbaren Leid scheinbar unberührt blieben, erwiesen sich als am nützlichsten: Sie griffen zur Schere, schnitten schmerzende Verbände auf, kritzelten kurze Notizen in ihr Heft, verstellten auf Geheiß der Kranken die Betten, brachten Medikamente.

Auf einmal veränderte sich die bestehende Geräuschkulisse. Es setzte eine enorme Aufregung ein, die anfangs offensichtlich daher rührte, dass keiner wusste, was zu tun war. Pflegekräfte und Ärzte erhoben die Stimme. Die Ankunft von irgendetwas kündigte sich an, und der eine oder andere lief los, was eine klare Veränderung im Verhalten war. Durch die offene Zimmertür sah Walser die erste Liege vorbeipreschen, eine Liege mit einem Körper darauf, der einen bemerkenswerten Fleck aufwies. Walsers erster Impuls war, den Oberkörper im Bett aufzurichten, um besser sehen zu können. Doch auch dann sah er nur wenig.

Die Geräusche dauerten an, und Walser hatte das merkwürdige Gefühl, als wären seine Augen gerade auf die Ohren neidisch, weil diese eine bedeutsame Menge an interpretierbarem Material zur Verfügung hatten. Es war absurd, aber fast hätte er losgebrüllt: Ich will sehen! Aber weil ihm das peinlich war, rief er nichts.

Die Schuhe und ihr beschleunigter Rhythmus auf dem Boden erlangten Bedeutung. Walser dachte augenblicklich an seine braunen Schuhe, an seine unverantwortlichen Schuhe, wie Vorarbeiter Klober gesagt hatte. Die Töne, die er nun in den Fluren vernahm, konnten nicht von unverantwortlichen Schuhen herrühren. »Es ist etwas passiert«, murmelte er. Ein großer Ernst lag im Geräusch dieser schnellen Schuhe.

Inzwischen versuchte auch sein Bettnachbar zu begreifen, was vor sich ging. Die gänzlich unkontrollierten und unbegründeten Lachsalven hatten auf so natürliche Weise geendet, dass Walser die Veränderung gar nicht bemerkt hatte. Es war klar, dass etwas Bedeutsames passiert war. Es folgte Liege auf Liege, und auf einigen entdeckte Walser Körper in Militäruniform. Aus diesem ganzen Durcheinander, in dem alle Töne neutral und sinnlos wirkten, tauchten einzelne Wörter auf; sie nahmen langsam Gestalt an, als wären sie paradoxerweise die einzigen, die schwer genug waren, um in der Luft hängen zu bleiben, nachdem alle anderen verschwunden waren: »Attentat«, »Bombe« hörte man nun klar und deutlich.

2

Markante Gebäude haben sich äußerlich verändert, ein Gebäude wird nun klassifiziert nach dem gewichtigen Kriterium: vor oder nach der Explosion.

Aus dem verwirrenden Spektrum der Elemente kam die Bombe, und sie schrieb sich auf merkwürdige, unmittelbare Weise in die menschliche Physiognomie ein.

Das Attentat erfolgte am Spätnachmittag, unweit einer Gruppe von Militärs. Die Fenster eines Hauses – härter geworden, vielleicht wegen der fehlenden Neugier seiner Bewohner – hatten dem Druck standgehalten. Zwei gelassene Alte saßen dahinter, und sie blieben gelassen. Nur große Veränderungen, positive oder negative, können solch alte Substanzen wie diese Senioren verändern. Das alte Ehepaar erhob sich. »Eine Explosion«, sagte einer.

Inzwischen breitet sich das gewiefte Feuer auf Dinge aus, deren Beschaffenheit den Flammen gewogen ist. Balken, die es eilig haben zu brennen, stürzen nach zwei Minuten zu Boden. Der Schenkel einer bezaubernden Frau erhält einen leichten Schnitt, der, gemessen an ihrer erhabenen Schönheit, obszön und überflüssig erscheint. Doch das willkürliche Sterben erfasst nicht nur das Hässliche und Unnütze.

Die Militärs, die auf die Distanz eher die Geschichte zu verkörpern scheinen als menschliche Eigenschaften, werden aus der Nähe betrachtet zu Feinden des Abstrakten, weil sie bluten. Ein aggressives, ungeduldiges Gift wie diese Bombe erfasst die unvorbereiteten Körper, dringt plötzlich in sie ein, jeder Splitter wie eine unerwünschte Nahrung; eine dickflüssige Spalte im Körper definiert den Tod.

Das Attentat sollte Ortho treffen, den wichtigsten Anführer der Besatzer der Stadt, hat es aber nicht geschafft. Verletzt erlebt er nun mit, wie um ihn herum geflucht wird und die toten Militärs versorgt werden, die ihn eine Sekunde zuvor noch lebend begleitet hatten.

Zwei Männer sind beobachtet worden, die zu schnell rannten. Ortho erteilt den Befehl, sofort die ganze Umgebung abzusuchen: Der Bombenleger war in der Nähe und ist dann verschwunden.

Somit erfolgt die Suche nach den Männern in entgegengesetzter Richtung zu den Krankenwagen, die zum sanften Rauschen des Windes eintreffen, die Wolken so hoch und neutral, dass nur noch die Sirenen existieren; nichts von dem, was nicht zum Menschen gehört, darf in spezifische Augenblicke der Intelligenz vordringen, denn nichts anderes sind schließlich gut geplante Racheakte.

Richtig ist, dass das Unglücklichsein nicht nur vom Schmerz abhängt, doch die Freude, ja, die sollte unbedingt mit dem Fehlen von körperlichem Schmerz verbunden sein. Zwanzig ganze, vollständige Jahrhunderte haben keine Erklärung für das Leid hervorgebracht; man leidet gemessen an dem, was Nichtleiden heißt, und kein gesunder Mensch will im Voraus von dem Schlechten erfahren. Das Aushalten des Schmerzes wird bereits nicht mehr trainiert: Eher meidet man den Kontakt mit dieser widerwärtigen »Sache«.

Manche Soldaten nannten Kriegsverletzungen, die von Splittern herrührten, »umgekehrte Liebkosungen«, als erinnerten diese sie an kindliche, elementare Verliebtheiten. Es gibt ehrliche und unehrliche Engel auf dieser Welt; manchmal scheinen selbst Gebäude bewegliche Wesen mit einem konkreten Willen zu sein. Ein Gebäude ist zusammengebrochen.

Im Radio wird die Musik unterbrochen, die Hoheit über den Ton hat ein Militär übernommen, der von einem elenden Akt spricht und von der gerechten Macht, die sich auf den Gegenschlag vorbereitet.

Die Neugier der Massen ist eine wunderbare Kombination aus Ekel und Perversion; ein auf Zehenspitzen stehender großer Mann schubst eine kleine Frau weg, weil er als Erster traurig sein möchte, als hätte er auf dem Amt eine Nummer vor ihr gezogen; er streckt die ohnehin langen Beine und späht auf Körper, die weniger logisch, schwärzer und mehr als sonst über den Raum verteilt sind; ein beängstigender Geruch liegt in der Luft. Katastrophen bringen verstärkt mildtätige Prinzen hervor, die bereit sind, wieder für Ordnung und Menschlichkeit zu sorgen. Übergroße Güte bedarf der entsprechenden Zuschauer; ein Mann drängt sich vor, stößt eigenwillige Schreie aus und sagt, er sei Arzt. Die Menge tritt zur Seite, und der Mann, der Arzt ist, geht durch, stolz darauf, geheime Namen von Medikamenten erlernt zu haben und den richtigen Umgang mit den Instrumenten zum Wohle der Stadt. Geschwindigkeit, Autohupen, der Verkehr fließt im für die Toten geeignetsten Winkel, der Himmel reduziert die Zahl der Vögel, die entweder nicht zu existieren scheinen oder aber unhöflich sind: Niemand erträgt einen anderen Gesang, wenn gerade die Nationalhymne gespielt oder an sie gedacht wird, nicht einmal den leiser Vögel, die es gewohnt sind, diskret zu sein und sich fernzuhalten, wenn Menschen sich Wortgefechte oder Schießereien liefern.

Und die Suche geht weiter: Zwei Männer wurden gesehen, aber nur kurz. Es gibt kaum Spuren, die Indizien sind schwach. Jemand, der gesagt hat, jemand, der gesehen oder beinahe gesehen hat, jemand voller Vorahnungen, der wild herumgestikuliert. Militärs dringen in die Häuser im Umkreis der Explosion ein, stellen Fragen, sind unhöflich bei unwichtigen Antworten, doch andere gibt es nicht; sie haben es eilig, unter den Männern herrscht eine gewisse aufgeregte Nervosität; mit einer unerklärlichen Kraft sucht man den Feind, die Liebe hat man nie so gesucht, in keinem Augenblick und an keinem Ort, nie ist je ein Mensch so verliebt gewesen in die Liebe wie in den Hass; Soldaten mit kurz geschorenen Haaren fragen nach Familienmitgliedern, die fehlen, lange Erklärungen werden abgegeben, die eigene Welt erlangt endlich einen Sinn, wenn man Angst hat, wenn die Angst groß ist.

Und da begegnen sich in einem nahe gelegenen Viertel zwei Männer, die in entgegengesetzter Richtung unterwegs sind; ihre Geschwindigkeit wird plötzlich gebremst. Die beiden Männer bleiben stehen, sehen sich an, einer ist der Untergebene des anderen.

»Fluzst?!«

»Vorarbeiter Klober.«

»Hier unterwegs, Fluzst? Wer hätte das gedacht? Haben Sie die Explosion gehört? Wissen Sie schon, was passiert ist?

Aber Sie zittern ja, Fluzst, und dieser Gesichtsausdruck! Verschreckt? Und dieser Geruch. Sehr interessant, Sie hier anzutreffen!«

KAPITEL X

1

Seit dem Aufruhr waren einige Stunden vergangen. Die Töne hatten wieder zur Normalität zurückgefunden und die Bewegungen ebenfalls. Offensichtlich hatte das, was passiert war, aufgehört. Die Auswirkungen des Vorfalls waren in die Ferne transportiert worden, in einen anderen Teil des Krankenhauses. Als hätte man sie vergessen.

In diesem Augenblick wurde ihm deutlich, dass die Erinnerung eng an den Raum geknüpft war. Die Erinnerung war eine Eigenschaft des Raumes, nicht der Menschen. Eine einfache Eigenschaft wie zum Beispiel Länge, Breite und Höhe. Die Erinnerung ist die vierte unmittelbare Eigenschaft des Raumes, sagte Walser zu sich selbst, als würde er gerade etwas Wichtiges entdecken. Doch die Töne waren ebenfalls eine Eigenschaft des Raumes, und sie waren dort, in seinem Krankenzimmer, weiterhin am bedeutungsvollsten.

Walser hat die Beine auf dem Bett ausgestreckt und den Oberkörper erhoben. Er hält nach einem Pfleger Ausschau, aber es ist keiner zu sehen. Er ruft laut.

Das stete Hintergrundgemurmel hält an. Die Lage ist entspannt, doch Walser will weg von dort. Er ruft erneut nach einer Krankenschwester oder einem Arzt. Niemand kommt. Irgendwo im Flur ist weiterhin das Gemurmel einer gedämpften Unterhaltung zu hören. Sie sind in der Nähe, es ist unmöglich, dass niemand ihn hört.

Joseph Walser wird langsam nervös: Er hatte einen Unfall, einen schweren Unfall, sie müssen ihn beachten: Die Geräusche der Pfleger sind nicht nah genug für die von ihm benötigte Beachtung. Er, Joseph Walser, hatte einen schweren Unfall an seiner Maschine, während der Arbeit; das müssen sie respektieren.

»Die hören niemanden«, sagt sein Bettnachbar, »ich habe schon stundenlang nach ihnen gerufen«, fügt er hinzu und beginnt plötzlich lauthals zu lachen. »Stundenlang!«, wiederholt er.

Walser schrie, so laut er konnte. Dann hielt er inne. Er erinnerte sich an den Schrei, den er im Augenblick des Unfalls ausgestoßen hatte. Sein jetziger Schrei war ähnlich gewesen, mit lediglich einem Unterschied: Er war geplant, war vorbedacht gewesen, war also im Gegensatz zu dem anderen ein strategischer Schrei, ein falscher Schrei, wie er erkannte. Ich habe keinerlei Schmerzen: Das ist ein falscher Schrei.

Doch Walser fühlte sich nicht unwohl mit dieser momentanen Lüge; zu verstehen, was er tat, hinderte ihn nicht daran, sein Vorgehen zu wiederholen. Er schrie erneut, so laut er konnte, als brauchte er dringend Hilfe.

Sein Ärger wuchs von Minute zu Minute. Das Gelächter seines Bettnachbarn war bereits verstummt, doch trotz seines Brüllens hatte sich das ruhige Gemurmel auf den Fluren keinen Deut verändert.

Er erhob sich, schwang seine Beine aus dem Bett und stellte sich auf, indem er sich mit der linken Hand auf dem Bett abstützte. Er war barfuß und versteckte die rechte Hand auf dem Rücken. Der kalte Boden war wie eine zusätzliche konkrete, materielle Gewalt, die er nun fast als Erleichterung empfand. Er hatte es satt, nur über Töne zu empfinden.

Inzwischen ließ der von den Füßen ausgehende Schauder nach. Unser Organismus ist eine perfekt funktionierende und schnell reagierende Maschine: Intelligenz, die sich an die Temperatur anpasst.

Er tat einen Schritt, bedächtig zunächst, dann noch einen: Die Füße wärmten allmählich den Boden, oder auch umgekehrt. Wenigstens habe ich keine unverantwortlichen Schuhe an, dachte Walser und lächelte fast.

Er stand jetzt an der Tür zu seinem Zimmer, ging ein Stück weiter und erblickte in ungefähr zehn Metern Entfernung zwei Krankenschwestern und einen Arzt. Er rief nun mit weitaus kontrollierterer Stimme, beinahe beschämt: »Schwester!«

Doch es war der Arzt, der auf ihn zukam.

2

Vorarbeiter Klober sah den Angestellten Fluzst von oben bis unten an und lächelte breit, kehrte jedoch gleich darauf zur Ernsthaftigkeit zurück.

»Es scheint, die Stadt hatte das Recht auf ein weiteres Attentat«, sagte Klober.

Fluzst nickte, und Klober fuhr in dem ironischen Ton fort, in dem er begonnen hatte.

»Das zeigt uns nur, dass wir eine bedeutende Stadt sind. Eine Stadt! Niemand käme auf die Idee, ein Attentat auf dem Land zu verüben, inmitten einer Horde von Schweinen«, sagte er und lachte.

»Das ist der Beginn der Zivilisation: Wir haben Bibliotheken und Attentate, aber die Bomben werden uns nicht mehr geordnet von der Armee geliefert; die Unordnung hat die Waffen erreicht und in der einfacheren, geistig minderbemittelten Bevölkerung Fuß gefasst; und dadurch wächst die Gefahr. Unordnung und Waffen sind meiner bescheidenen Meinung nach nicht kompatibel, denn das Töten ist kein reines Handeln, es erfordert auch geistige Fähigkeiten. Aber was sagen Sie denn zu dem Ganzen, Fluzst, Sie machen ja so ein erschrockenes Gesicht, kommen vom Ort der Bombe …

Sie haben doch nichts gesehen, oder? Das habe ich mir gedacht. Wir sind alle blind. Eine Stadt der Blinden. Aber wir haben uns ein gutes Gehör bewahrt, einen absolut effizienten Hörapparat. Nun ja, bestimmte Teile der Stadt funktionieren noch. Mein lieber Fluzst, haben Sie noch einen schönen Tag. Ich will mal sehen, was passiert ist, aus größerer Nähe. Ich habe auch das Recht, mich zu erschrecken. Merkwürdig, Sie so zu sehen, an einem so wichtigen Tag. Sie sind einer unserer leidenschaftlichsten Angestellten, verlieren Sie mir jetzt nicht diese Energie, wir zählen auf Sie. Nun gut, wir sehen uns morgen, nicht wahr?

Eine Sache habe ich noch vergessen, Ihnen zu erzählen. Sie waren ja ein paar Tage weg. Eine wichtige Information: Ihr Kollege Joseph Walser hatte einen Unfall an der Maschine. Er liegt im Krankenhaus. Ich weiß, Sie sind gute Freunde. Er würde sich sicher über Ihren Besuch freuen. Machen Sie es gut, Fluzst; und fassen Sie sich wieder. Wir zählen auf Sie.«

3

»Herr Doktor«, sagte Walser, während er seine rechte Hand noch immer hinter dem Körper verbarg, »entschuldigen Sie, aber ich rufe schon sehr lange nach den Pflegern.«

Der Arzt antwortete ihm nicht. Sah ihn ungerührt an.

»Wie heißen Sie?«

»Joseph Walser.«

»Joseph Walser«, wiederholte der Arzt. »Also, Herr Walser, so benehmen Sie sich doch! Sie sind hier in einem Krankenhaus!«, sagte er und kehrte ihm den Rücken.

Eine Schwester trat näher: »Der derzeitige Augenblick erlaubt keine Schwäche, mein lieber Herr. Was Ihnen passiert ist, ist eine Lappalie. Sie würden allen einen großen Gefallen tun, wenn Sie sich wie ein Mann verhalten würden.«

Joseph murmelte etwas und spürte, wie sein Gesicht puterrot anlief.

»Gehen Sie zurück ins Bett«, sagte die Krankenschwester. »Sobald jemand Zeit hat, wird er zu Ihnen kommen und Ihre Entlassungspapiere fertig machen. Gehen Sie bitte zurück in Ihr Zimmer.«

4

Fluzst betrat hastig das Haus und sperrte augenblicklich hinter sich ab, indem er den Schlüssel dreimal herumdrehte. Seine Frau – Clairie – kam angelaufen.

»Was ist passiert?«

Fluzst antwortete nicht und ging zum Badezimmer.

»Bring Alkohol und lass diese Klamotten hier verschwinden.«

Er kleidete sich aus.

»Es ist alles in Ordnung. Ich will duschen. Nimm die Klamotten und verbrenne sie.«

»Bist du verletzt?«

»Red keinen Blödsinn. Tu, was ich dir sage.«

KAPITEL XI

1

In Begleitung seiner Frau kam Walser zu Hause an. Seine Bewegungen waren bedächtig, knapp und allesamt auf die linke Hand beschränkt. Der rechte Arm lag seitlich am Körper, egal, welche Position dieser einnahm, die rechte Hand verschämt auf dem Rücken.

Ein einziger Tag Abwesenheit ließ Walser nun diesen familiären Raum betreten, als erlangte er auf einmal sein Gedächtnis wieder. Er sah zu dem Tisch, auf dem der Schlüssel zu seinem Arbeitszimmer lag.

»Willst du allein sein?«, fragte Margha.

Joseph Walser antwortete nicht. Er lief schnurstracks zu dem Schlüssel, nahm ihn in die linke Hand und schloss mit ebendieser Hand die Tür auf. Seine Frau war bereits hinausgegangen.

Joseph Walser betrat sein Arbeitszimmer: das vertraute Geräusch des Schlüssels, mit dem von innen abgesperrt wurde. Margha setzte sich; sie weinte.

Joseph Walser stand vor seiner Sammlung. Er fühlte sich getröstet: alles an seinem Platz. Unzählige Metallteile lagen in schöner Ordnung auf gut fünfzig Regalbrettern. Auf der Unterseite klebte jeweils ein Etikett mit der Identifikationsnummer. Auf dem Tisch, direkt gegenüber der Tür, lag ein Heft mit schwarzem Umschlag, daneben ein silbern glänzendes Lineal.

Walser hatte seine Sammlung vor acht Jahren begonnen. Seitdem las er sämtliche Metallstücke auf, die er fand, sofern diese zwei Bedingungen erfüllten: Es musste sich um Einzelteile handeln; sie durften also nicht zusammengesetzt sein oder zu einem anderen Teil gehören, und sämtliche Abmessungen – Länge, Breite und Höhe – mussten kleiner sein als zehn Zentimeter.

Der Anblick seiner perfekt organisierten Sammlung tröstete ihn auf eigenartige Weise, zumal seit dem Unfall erst ein Tag vergangen war. Walser lächelte: Mit der linken Hand erspürte er in der Jackentasche das Metallstück, das er aus dem Krankenhaus mitgebracht hatte. Es war die abgerundete Radkappe einer Liege. Sie hatte sich gelöst, war abgefallen, und er hatte sie aufgehoben.

Im Laufe der Jahre hatte er eine besondere Wahrnehmung für Metallteile entwickelt, die in seine Sammlung passen könnten. Sein Blick auf die Realität und die Ereignisse war schrittweise zu einem doppelten geworden: Er sah die Ereignisse kommen und gehen und wirkte manchmal auch aktiv dabei mit – was seine Lebenserfahrung ausmachte –, doch hinter diesem Blick, der nach den besten Bedingungen für ein Überleben suchte, verbarg sich ein zweiter Blick oder eine zweite Richtung dieses einen Blicks, welcher, statt sich auf die Menschen und deren Beziehungen zu konzentrieren oder auf die Dinge, die diese Beziehungen beeinflussen könnten, fixiert war auf die Suche nach kleinen Metallgegenständen.

Walser war vollkommen bewusst, dass seine Sammlung nicht nur unnütz, sondern absurd war. Er sprach niemals darüber. Selbst zu Hause verfügte nur er über den Schlüssel für das Arbeitszimmer, in dem er seine »Funde« katalogisierte. Natürlich hatte seine Frau, Margha, bereits einige dieser Metallteile gesehen, doch es war ihr verwehrt, diesen Raum zu betreten, und Walser hatte nie mit ihr über das Thema gesprochen. Alles, was er sagte, waren diese einfachen, fast abstrakten Worte: meine Sammlung.

Joseph Walser rückte den Stuhl zurecht und setzte sich. Seine linke Hand lag auf dem Tisch. Alle wussten bereits, was bei dem Unfall passiert war.

Zum ersten Mal seit längerer Zeit widmete er sich ausschließlich seiner rechten Hand: Er begann den Arm zu heben, und diese Bewegung kam ihm im ersten Augenblick fast obszön vor. Dennoch hörte er nicht auf.

Langsam legte er die rechte Hand neben die linke auf den Tisch. Er blickte frontal auf die noch geschlossene Hand und löste die Finger. Konzentrierte seine ganze Aufmerksamkeit auf die rechte Hand. Es lagen nur vier Finger auf der Tischplatte. Sie hatten ihm den Zeigefinger amputiert.

2

»Du solltest ihn besuchen gehen. Sie haben ihm einen Finger amputiert.«

Fluzst war noch immer unruhig, doch seine Frau erzählte ihm bereits, was in der Fabrik passiert war: Walsers Unfall.

»Seine Hand ist abgerutscht, keiner weiß so recht, wie. Der Ärmel von seinem Hemd ist an einem Hebel hängen geblieben. Er ist schon wieder aus dem Krankenhaus entlassen, ist zu Hause; du solltest ihn heute Abend besuchen. Du bist sein Freund.«

Fluzst rauchte eine Zigarette. Versuchte sich zu beruhigen.

»Joseph Walser ist ein Feigling«, sagte er. »Der Finger wird ihm kein bisschen fehlen.«

3

Er hatte in dem Anatomiebuch das Kapitel mit der Überschrift »Hand« aufgeschlagen.

Die Abbildungen zeigten verschiedene Handstellungen, stets Hände mit fünf Fingern.

Joseph Walser sah diese Namen zum ersten Mal. Namen für Dinge, die er schon seit Langem besaß. Der Musculus opponens des Daumens, das Retinaculum flexorum, der Adduktor, der Abduktor.

Das Handskelett beeindruckte ihn. Im Bereich des Handgelenks gab es acht aneinandergereihte kleine Knochen: Karpalknochen, las er. Dann, zwischen Handgelenk und Fingern, fünf Mittelhandknochen, einen für jeden Finger. Jeder Finger hatte schließlich noch drei miteinander verbundene Knochen, wie Zugabteile, murmelte er; mit merkwürdigen Namen: Phalanx I, Phalanx II, Phalanx III. Der Daumen machte hier eine Ausnahme: Er hatte nur zwei Phalangen statt der drei der übrigen Finger.

Es war ganz einfach: Die Amputation des Zeigefingers hatte ihm, wissenschaftlich exakt ausgedrückt, drei Phalangen seines Körpers geraubt. Von den vierzehn Phalangen, die er zuvor an seiner rechten Hand gehabt hatte, waren jetzt nur noch elf übrig. An der linken Hand hatte er immer noch jene vierzehn Phalangen, mit denen er zur Welt gekommen war.

Er blickte auf die Zeichnungen der Handmuskeln. Die beiden essentiellen Bewegungen der Finger: Beugen und Strecken. Jeder Finger verfügte im Bereich des Fingerendglieds, der Phalanx III, über einen Beugemuskel. Nie wieder würde er den Zeigefinger seiner rechten Hand beugen oder strecken können.

Muskeln und Knochen waren die beiden wesentlichen Substanzen, die Walser bei dem Unfall verloren hatte. Alle anderen Substanzen dienten diesen quasi zur Unterstützung, waren verantwortlich für die beiden Bewegungen: Beugen und Strecken. Das Anatomiebuch noch immer aufgeschlagen, legte Joseph Walser erneut seine Hände auf den Tisch und streckte die Finger aus. Er sah auf die Abbildungen: zehn Finger. Er sah auf seine Hände: neun Finger.

Da verspürte er auf einmal ein Entsetzen, als betrachtete er die Hände eines Monsters.

KAPITEL XII

1

Mit der linken Hand holte Walser das aus dem Krankenhaus mitgebrachte Metallteil aus der Hosentasche und legte es auf die Tischplatte. Mit den Fingern der rechten Hand klappte er das Heft auf und begann zu blättern, bis er fand, was er suchte.

Die rechte Hand funktionierte vollkommen normal. Zwar schienen seine Augen noch auf die Lücke fixiert zu sein, die der fehlende Zeigefinger hinterlassen hatte, doch nach außen hin benahm sich die Hand wie eine Gruppe von Menschen, die sich intern abgesprochen hatten, damit sie weiterhin ihre Aufgabe erfüllen konnten. Gleich bei den ersten Bewegungen zeigte sich für Walser, dass der Zeigefinger nicht unerlässlich war. Ohne auch nur einen Augenblick zu überlegen, denn er wollte keine Angst aufkommen lassen, nahm Walser mit der rechten Hand das Lineal und legte es neben das Metallteil, das er mit der anderen Hand festhielt. All diese Dinge lagen auf dem Tisch: das Metallteil, seine linke Hand, seine rechte Hand und das Lineal. Er betrachtete diese vier Dinge, als wären es vier Elemente, vier voneinander getrennte, aber zur selben Familie gehörige Elemente: zur Familie der Dinge. Warum ein anderes Wort verwenden? Sichtbare Dinge, vier sichtbare Dinge.

Seit er erstmals dort, wo früher sein Zeigefinger gewesen war, diese absurde Lücke erblickt hatte, war ihm klar geworden, dass seine Finger Dinge waren wie alle anderen; seine ganze Hand war ein Ding wie jedes andere, ein von ihm zu trennendes Ding, genau wie das Lineal oder das Metallteil.

Mit den drei Fingern der rechten Hand und unterstützt vom Daumen legte Walser das Lineal an das Metallteil und maß seine Länge: neun Zentimeter und sechsundzwanzig Millimeter. Wieder einmal hatte er richtig geschätzt. Es war ein Gegenstand, der in seine Sammlung eingehen konnte: Das größte Maß war kleiner als zehn Zentimeter.

Es war beeindruckend, wie geschult Walsers Augen inzwischen waren, dass sie derart kleine Maßunterschiede erkannten. Es kam äußerst selten vor, dass der aufgelesene Gegenstand das vorgegebene Maß überschritt und daher nicht in die Sammlung eingehen konnte. Irgendwie hatten seine Augen sich mit den Jahren eine neue Eigenschaft erworben, eine Eigenschaft, die er einem praktischen, funktionalen Gegenstand geraubt hatte: dem Lineal. Und deshalb hatte Walser bald schon eine affektive Beziehung zu konkreten Maßen aufgebaut. Gefühlsmäßig – denn hier ging es um Gefühle, manchmal sogar um Furcht, Angst und Schrecken –, gefühlsmäßig war es für Walser etwas vollkommen anderes, ob er irgendwo, ganz gleich wo, ein Metallteil erblickte, dessen Maße größer waren als zehn Zentimeter, oder eines mit Maßen, die kleiner waren als zehn Zentimeter. Das Lineal, das für Walser in erster Linie ein affektives Instrument gewesen war (sehr bald schon war er von der Vorstellung abgerückt, Lineale stünden ausschließlich im Dienste der objektiven Wissenschaft), hatte mit der Zeit seinen Status verändert, und diese »metrische Affektivität« war auf seine eigene Wahrnehmung übergegangen. Die Abmessungen eines Metallteils konnten also Erregung oder Enttäuschung in ihm auslösen.

Die Sammlung war für Walser zu einer solchen Obsession geworden, dass er, kaum dass er ein Metallteil mit den geforderten Maßen erblickte, seine gesamte Aufmerksamkeit auf dieses richtete, eine Aufmerksamkeit, die man als raubtierhaft bezeichnen könnte (die raubtierhafte Aufmerksamkeit des Jägers). Und sie blieb so lange erhalten, bis sein Gegenüber einen Augenblick lang unaufmerksam war, und Walser das Metallteil ergreifen und stehlen konnte (es ist durchaus angebracht, dieses Wort zu gebrauchen, denn genau darum ging es).

Nicht immer war dies der Grund, weshalb ihm so häufig diese Frage gestellt wurde (Hören Sie mir auch wirklich zu, Herr Walser?), doch oftmals lag es tatsächlich daran, dass seine Aufmerksamkeit nicht mehr auf die Unterhaltung oder die konkrete, in einem bestimmten Augenblick mit jemandem geteilte äußere Erfahrung gerichtet war, sondern auf irgendein Metallteil und folglich auf das erforderliche Vorgehen, um dieses zu erlangen. Walsers ständige Zerstreutheit in Unterhaltungen und auch andere seltsame Verhaltensweisen hatten eindeutig denselben Ursprung: seine Sammlung. Gleichwohl unnütz, absurd und geheim, war sie doch schrittweise ins Zentrum seines Lebens gerückt. Walser schätzte die Gesellschaft seiner Frau, sogar dann noch, als sich herausgestellt hatte, dass sie mit dem Vorarbeiter Klober Müller schlief; er zog auch ein gewisses unerklärliches körperliches Vergnügen aus der Arbeit an seiner Maschine, würfelte noch immer gern mit seinen Freunden um Geld, doch es war die Sammlung, mit der Joseph Walser glaubte, eine wirklich individuelle Note in der Welt zu hinterlassen. Eine einzigartige, unverwechselbare Note; niemand hatte eine Sammlung wie diese.

Es war eine »irrationale« Sammlung, irrationaler als die üblichen Sammlungen, und diese Tatsache unterschied ihn von anderen Menschen. Joseph Walser war zu absoluter Rationalität erzogen worden, sodass er nun zwanghaft jene Verrücktheit unterdrückte, die die Menschen jeden Augenblick befallen kann. Er wusste wohl, dass es die Vernunft war, die ihn schützte, die es ihm erlaubte, sich zu verteidigen, zumal die durch den Krieg, das Eindringen der Militärs und die Attentate ausgelöste Unordnung eine tägliche Gefahrenquelle darstellte: Kein einziges individuelles Ding war von dieser übergroßen Verwirrung ausgenommen, die die Stadt erfasst hatte.

Doch niemals war Walser so besessen gewesen von seiner Sammlung wie in den letzten Monaten. Je größer die Unordnung und die Unwägbarkeit des Krieges wurden, umso mehr flüchtete Walser sich in sein Arbeitszimmer, wo er hinter verschlossenen Türen Messungen anstellte – Länge, Breite, Höhe –, die Form des Metallteils sowie die dazugehörige Maschine oder Struktur zeichnete und zudem seine Farbe und seine Funktionen notierte – konkrete, mögliche Funktionen –, außerdem den Ort, wo er die Kostbarkeit aus Metall aufgelesen hatte, den Tag, die Stunde; und er erstellte außerdem eine Statistik der Orte, die die meisten Gegenstände für seine Sammlung geliefert hatten, der rentabelsten Tage; und er blätterte in seinem Heft und korrigierte winzige Fehler früherer

Tage, gruppierte die Gegenstände nach anderen Kriterien: Metallteile, die zu einer Maschine des Arbeitslebens gehörten, Teile, die zu hauswirtschaftlichen Geräten oder solchen des persönlichen Gebrauchs gehörten, etc., etc.

Auf diese Weise wurden sämtliche Gegenstände der Sammlung bis ins kleinste Detail katalogisiert und die jeweiligen Zahlen in dem schwarzen Heft – mit der römischen Zahl sechsundzwanzig auf dem Umschlag – erfasst und erst dann auf den entsprechenden, nach den jeweiligen Hauptfunktionen geordneten Regalbrettern abgelegt. Diese Welt, die von außen betrachtet unlogisch und merkwürdig erscheinen mochte, war durch und durch geordnet, sie war eine zweite Ordnung, die nur Joseph Walser begriff.

Walser tat an diesem Tag also nichts anderes als sonst: Nachdem er das Metallteil auf dem Tisch abgelegt hatte, erfolgte zunächst die Auflistung sämtlicher Maße. Nach einem ganz kurzen Zögern legte Walser das Lineal mit der rechten Hand an den Gegenstand. Instinktiv hatte er sonst, was er aber nie bemerkt hatte, seinen Zeigefinger an das Lineal gelegt, damit es nicht verrutschte. Als er nun diese Bewegung ausführen wollte, erkannte er, dass der Zeigefinger nicht mehr da war. Er konzentrierte sich und ignorierte bewusst die Lücke, die die Amputation hinterlassen hatte, wandte den Blick dem Mittelfinger zu, dem längsten Finger der Hand, jenem, der das Lineal nun so stützte wie es früher, als er ihn noch hatte, der Zeigefinger tat, nur dass er sich jetzt gezwungen sah, den Teil der Handfläche leicht anzuheben, der sich oberhalb des amputierten Fingers befand. Doch anschließend tat der Mittelfinger das, was sonst der Zeigefinger getan hatte:

Er stützte das Lineal ab und hielt es in der richtigen Position, während die andere Hand auf dem Metallteil lag.

Er hatte nun die Länge des im Krankenhaus gestohlenen Gegenstands gemessen. In Anbetracht der Tatsache, dass es sich um die erste Messung seit dem Unfall handelte, war er zufrieden: Er hatte die Aufgabe einigermaßen effizient erledigt. Den Stift mit drei Fingern auf der einen und dem Daumen auf der anderen Seite haltend, schrieb Joseph Walser mit noch leicht zittriger und zögerlicher Schrift in die mit Breite überschriebene Spalte: 1,15.

Wie einfach doch die Welt ist, dachte er.

KAPITEL XIII

1

In weniger als einer Woche hatte die Stadt sich wieder beruhigt. Niemand war nach dem Attentat gefasst worden, doch die Ermittlungen gingen weiter. Jeden Augenblick, so hieß es in der Stadt, »würden die Schuldigen verhaftet« und anschließend hingerichtet.

Joseph Walser ging wieder arbeiten. Leider konnte er infolge des Unfalls nicht an seinen alten Arbeitsplatz zurück. Die Amputation des Zeigefingers der rechten Hand nahm ihm jede Möglichkeit, die Maschine, an der er seit ein paar Jahren gearbeitet hatte, sicher zu bedienen. Es war keine Frage der Psyche: Walser hätte gerne wieder an seiner Maschine gearbeitet, doch etwas Konkretes, Materielles, verhinderte dies: das simple Fehlen eines Fingers. Er insistierte nicht groß. Klober hatte gesagt: »Mein lieber Freund, wenn Sie mit fünf Fingern an jeder Hand schon einen Unfall hatten, wie wollen Sie da jetzt weiter an der Maschine arbeiten?«

Klobers Bemerkung verriet nicht nur Gleichgültigkeit in Bezug auf das Vorgefallene, sondern war in erster Linie Ausdruck einer Vernunft, die niemals ruhte, einer Rationalität, die kein Recht auf Pausen zu haben schien. Wir können nur dann dauerhaft rational sein, wenn wir unsere Gefühle dazu bringen, in jeder Situation auf konstantem Niveau zu verbleiben. Wie der Ölstand einer Maschine, den man in bestimmten Grenzen halten muss, scherzte Klober, damit ihre Effizienz gewährleistet wird. »Vier Finger an der rechten Hand reichen nicht aus, um dieses Tier unter Kontrolle zu halten«, sagte Klober zu Joseph, gleich nach dessen Rückkehr.

Walser nahm die Worte ohne Kränkung hin, die Bemerkung war vernünftig: Die Maschine war nicht leicht zu bedienen, und er erfüllte unter den gegebenen Umständen nicht die Anforderungen.

Er wurde in eine andere Abteilung versetzt, in ein Gebäude, in dem es keine Maschinen gab. Er wirkte also nicht mehr an der konkreten Herstellung der Produkte mit, sondern erledigte fortan Sekretariatsaufgaben.

In knapp drei Wochen entwickelte er die nötige Fertigkeit, um unverkrampft ohne den Zeigefinger zu schreiben. Diese einfachen, schnellen Fortschritte begeisterten ihn.

Ein einziges Mal nur war er nach dem Unfall hinabgestiegen ins Untergeschoss, wo er früher gearbeitet hatte, um »seine« Maschine, die nun von einem anderen Menschen bedient wurde, in Betrieb zu erleben. In diesem Augenblick verspürte er das, was man objektiv betrachtet als Eifersucht bezeichnen könnte, aber diese Eifersucht löste natürlich keine niederen Instinkte in ihm aus. Walser verspürte sie, ja: Eifersucht auf die Effizienz; eine rationale Eifersucht.

In erster Linie fühlte er sich schuldig. Er war es gewesen, der sie verlassen hatte, oder anders gesagt: Er hatte versagt, und nun war er nicht mehr in der Lage, die Anforderungen zu erfüllen. Durch den Verlust eines Fingers hatte er seine Maschine verraten.

Natürlich war Walsers Traurigkeit nicht das, was wir gemeinhin mit diesem Wort bezeichnen: Jede Träne wäre hier absurd gewesen. Walsers Traurigkeit war, wir müssen es noch einmal sagen, logisch und rational; sie war das, was wir als eine Melancholie, die sich in sein Effizienzempfinden eingeschlichen hatte, bezeichnen könnten. Er hatte das Gefühl, aus einer Welt, der Welt der Maschinen, vertrieben worden zu sein, wo seine Anwesenheit bereits nicht mehr geduldet wurde. Über den Verlust des Fingers hatte er auch die Voraussetzungen verloren, die in diesem anderen Universum Respekt einbrachten.

Wie jemand, der bereits einer anderen tierischen Spezies angehörte, tat Walser an diesem Tag etwas, das er später nie mehr wagte: Als die Maschine sich bereits im Ruhezustand befand, der Motor abgeschaltet war, trat er an sie heran und berührte mit seiner rechten, nunmehr verkrüppelten, verringerten, berührte also mit dieser Hand die Maschine, ganz leicht, von der Seite, am Metall, und merkwürdigerweise empfand er diese Berührung als Wiederherstellung seines amputierten Fingers; er lächelte.

»Sie ist noch warm«, sagte er.

KAPITEL XIV

1

Die fünf Männer saßen am Tisch, und Fluzst hatte gerade gewürfelt. Als nächster war nun Joseph Walser an der Reihe.

Walser nahm also wieder einmal die Würfel. Er begann sie in der Hand zu schütteln.

»Du wirkst lächerlich, wenn du mit der linken Hand würfelst.«

Joseph Walser sah den Kollegen an. Stumm war ein neues Mitglied der Gruppe, die sich weiterhin bei Fluzst zu Hause traf. Er war vor einem knappen Jahr in die Firma gekommen.

»Da wundert es einen nicht, wenn deine Frau mit einem anderen schläft«, sagte Stumm, ohne dass einer von ihnen es erwartet hätte.

Es wurde still. Joseph Walsers Augen richteten sich wenige Augenblicke lang starr auf den Kollegen, während die anderen Männer weiterhin schwiegen. Dann senkte er den Blick und nahm die Würfel von der linken in die rechte Hand.

»Richtig so!«, sagte Fluzst.

Normaas, ein anderer der Spieler, murmelte: »Lasst uns einfach nur spielen. Wir sind schließlich hier, um zu spielen.«

Normaas war der versöhnliche Geist der Gruppe. Er rauchte ununterbrochen.

»Man darf das alles nicht so ernst nehmen. Wir sind doch nur hier, um Geld zu machen«, sagte er und lachte kurz auf.

Nach dieser Bemerkung wurde die Stimmung besser. Die Männer warteten darauf, dass Walser würfelte.

Seine rechte Hand zitterte, alle Augen waren auf ihn gerichtet; und Stumm starrte in obszöner Weise auf seine Finger.

»Diese Hand wird dir noch Glück bringen«, sagte er.

Fluzst forderte Stumm rüde auf, den Mund zu halten.

»Lasst uns spielen«, sagte Fluzst. »Wir haben jetzt lange genug gewartet. Walser, bitte, wirf die Würfel.«

2

Keine Unterbrechung war erlaubt. Weder der Einzelne noch der ganze Kontinent hatte die Erlaubnis auszuruhen; es gibt kein Versteck für die Existenz; die wahren Pausen sind noch nicht erfunden worden.

Seit Joseph Walsers Unfall und dem Attentat waren drei Monate vergangen. Die Hindernisse waren beseitigt und die beiden Leben – das von Walser und das der Stadt – wiederaufgenommen worden, und fast schien es, als seien die Vorfälle schon nicht mehr von Belang. Joseph Walser vermisste lediglich »seine« Maschine. Es war das Fehlen dieses täglichen Kontakts mit ihrer Mechanik, das ihn immer wieder an die erlittene Amputation erinnerte. Als wären es gleichbedeutende Materialien: Das Fehlen seiner Maschine entsprach dem Fehlen seines Fingers.

Die Würfelspiele am Samstagabend gingen weiter, und objektiv betrachtet könnte man sagen, dass Joseph Walser seit dem Unfall mehr Glück hatte. Es handelte sich jedoch nicht um große Gewinne: Er kehrte zwar mit etwas mehr Geld nach Hause zurück, aber die Beträge waren unbedeutend; man spürte keinerlei Auswirkung auf die Familienökonomie. In diesem Zusammenhang muss auch Folgendes erwähnt werden: Zwei Monate nach dem Unfall in der Fabrik wurde ihm die Gefahrenzulage für die Arbeit an der Maschine gestrichen. Da er mittlerweile Sekretariatsaufgaben verrichtete, wäre es absurd gewesen, wenn er weiterhin eine Gefahrenzulage bezogen hätte. »Schreiben ist nicht gefährlich«, hatte jemand zu ihm gesagt. Real verdiente Walser nun also trotz der Entschädigungszahlungen weniger. Und die kleine Veränderung beim Glück im Spiel glich diesen Verlust nicht aus.

3

Die Würfel in der rechten Hand, hielt Walser die Luft an. Während dieser Handlung wurde noch nichts entschieden, das Ergebnis zeigte sich erst, wenn die Würfel gefallen waren und die Auswirkungen sichtbar wurden, Auswirkungen, die zwar in diesem Augenblick wichtig waren, auf längere Sicht hingegen unbedeutend: Gemessen an einer kompletten Lebenswoche Walsers waren sie unbedeutend, und brachte man ein ganzes Jahr auf die Waagschale, so existierten sie kaum noch. Doch in dem Augenblick, in dem die Würfel noch nicht aufgedeckt waren, sondern in der Hand verblieben, in dem Augenblick, in dem noch alles möglich war – natürlich in dem begrenzten Rahmen der auf den Würfeln verzeichneten Punkte –, in diesem Augenblick, in dieser Sekunde, schien jeder Spielzug eine entscheidende Tragweite für Walsers Existenz zu erlangen. Kurz bevor die Würfel aus seiner Hand glitten, hatte er das Gefühl, dass sich alles ändern konnte. Doch die Würfel fielen, und konkret änderte sich nichts nach dem Moment des Jubels oder der Enttäuschung über die aufgedeckte Zahl: Nichts hat sich geändert, hätte er ausgerufen, wären seine Gedanken plötzlich sichtbar geworden.

War der in letzter Zeit erfolgte Wandel beim Würfelglück auch nicht von großer Bedeutung, so tröstete er Walser dennoch. Zu gewinnen, selbst wenn es nur um winzige Beträge ging, war wichtig: Ein Gefühl von Stolz, wiewohl gemäßigt, überkam ihn jedes Mal, wenn er das gewonnene Geld von der Mitte des Tisches mit beiden Händen, parallel – die linke ganz, kompakt und stark, die rechte verkrüppelt und ohne Zeigefinger, instinktiv bereits eingerollt, als wollte er sie vor den Blicken der anderen schützen – zu sich heranzog, mit einer Gier, die durch das offensichtliche Fehlen des Zeigefingers grotesk wirkte.

Als Joseph sich, vornehmlich wegen Stumms Provokationen, erstmals gezwungen sah, mit der rechten Hand zu würfeln, hatte er ein zutiefst unangenehmes Gefühl empfunden. Die Handgriffe, die er unzählige Male mit fünf Fingern ausgeführt hatte, kleine Bewegungen, die die Würfel zum Rollen brachten, waren nun eingeschränkt, und er spürte – genau in dem Augenblick, da die Würfel die Stelle erreichten, an der früher der Zeigefinger gewesen war, und dort nicht weiterkamen, sondern den Rückzug in die Handfläche antreten mussten, indem sie vom Daumen hinunter zum Mittelfinger rollten und von diesem weiter zum kleinen Finger –, in diesem Augenblick spürte Walser also, dass jemand oder etwas ihm nicht nur ein Körperteil, sondern auch Bewegungen geraubt hatte. Und dieses Bewusstsein veränderte Walsers Verständnis des Unfalls grundlegend: Man hatte ihm nicht nur einen materiellen, greifbaren Teil seines Körpers geraubt – denn das war der Finger, und so hatte er selbst seine Körperteile immer gesehen –, sondern auch Bewegungsmöglichkeiten; kurzum: seinen Willen. Es existierten nun Absichten, die er nicht mehr ausführen konnte.

Schwerwiegender als die Amputation eines konkreten organischen Körperteils war also das Gefühl, dass man ihm etwas weggenommen hatte, das in seinem Gehirn beherbergt gewesen war, jawohl: in diesem verborgenen, intimen Organ, dem persönlichsten. Etwas äußerst Wichtiges war also in dem weniger sichtbaren Teil seines Körper passiert: Die äußere Realität hatte sich in das gedrängt, was er als das am besten Geschützte und am meisten ihm Gehörige erachtet hatte (also: das mit der größten Distanz zum realen Alltag). Das, was er in seinem Körper stets als »das mit der größten Distanz zum realen Alltag« betrachtet hatte, um bei diesem Ausdruck zu bleiben, waren ohne Zweifel die Gedanken, sein Innenleben – das aus Bildern, Projekten und Absichten bestand. Man hatte also den Teil seines Körpers angetastet, den er als unsichtbar und daher als unberührbar erachtet hatte.

In dem Augenblick, da er die beiden Würfel in der rechten Hand hielt und der Würfel, statt vom Mittelfinger zum Zeigefinger weiterzuwandern, gleich zum Daumen hochstieg, in diesem Augenblick, der inzwischen schon instinktiv ablief – nach vielen Spielen unter den »neuen materiellen Umständen« (ein Ausdruck, den Walser selbst verwendete, wenn er über sich sprach) –, in diesem bedeutsamen Augenblick existierte bereits nicht mehr der Wille oder die Absicht, den Würfel in Richtung Zeigefinger wandern zu lassen; sprich: In wenigen Wochen war die heftigste Amputation erfolgt, die eines Bedürfnisses. Sein immaterielles Dasein hatte einen Unfall erlitten, wenn auch nicht zeitgleich zu dem konkreten und realen

Unfall. Es gab dafür kein exaktes Datum wie für den Unfall an der Maschine, doch drei Monate nach diesem ersten objektiven, im Kalender nachweisbaren Datum hatte Walser bereits eine weitere Sache verloren.

Immer noch merkwürdig war für ihn allerdings die Erfahrung, dass er mit nunmehr geringeren Möglichkeiten – also mit einem kürzeren Weg der Würfel in der rechten Hand – mehr Glück im Spiel hatte. Objektiv betrachtet entsprach also in der Außenwelt, im materiellen Leben des Würfelspiels, eine Einschränkung des Bewegungsspielraums einer Erhöhung des Gewinns. Und obwohl er wusste, dass das Würfelglück nicht davon abhing, ob man vier oder fünf Finger an der Hand hatte, kam Walser sein neuerliches Glück wie ein Geheimnis vor, und dieses Geheimnis bedeutete eine Öffnung zu einer anderen Welt, zu einer Welt, die er noch nicht kannte. Diese Beziehung zwischen Ereignissen – Verlust eines Fingers, mehr Glück im Würfelspiel – war für Walser also noch nicht nachvollziehbar und verständlich. Wo sollte er diese Verbindung hintun? Wie die Brücke benennen, die zwischen diesen beiden Tatsachen bestand? Welches Ereignis sollte Walser als Ursache und welches als Wirkung bezeichnen? Und wenn das eine nicht Wirkung oder Ursache des anderen war, wo sollte er sie hintun, und mit welchen anderen Tatsachen könnte man sie in Verbindung bringen?

Diese zweite Möglichkeit erschien Walser noch absurder. Akzeptierte er, dass kein Zusammenhang zwischen den beiden Ereignissen bestand – sie aber dennoch von anderen Tatsachen abhingen –, dann könnte er ebenso akzeptieren, dass die Erklärung für seinen Körper und seine Existenz nicht in ihm selbst lag, sondern in der Außenwelt. Hing sein persönliches, privates Glück vielleicht vom Krieg und von dessen Verlauf ab? Hing es vielleicht von der Anzahl der toten Soldaten oder Widerstandskämpfer ab? Sollte diese Vermutung sich bewahrheiten, wäre die Welt noch seltsamer als sie es für Walser in diesem Augenblick sowieso schon war.

Diese große Verwirrung löste das unmittelbare Bedürfnis nach Sicherheit aus, und die fand er nur, wenn er sich in seinem Arbeitszimmer mit seiner Sammlung einschloss. Dort war endlich alles vollständig. Nichts musste erklärt werden. Sämtliche Metallteile befanden sich am vorgesehenen Platz auf den Regalbrettern, fügten sich fehlerfrei ein in das bestehende Register der Hefte. Nichts war zu viel oder zu wenig. Und nur diese Exaktheit konnte ihn beruhigen. Bestünde die Welt nur aus dieser Sammlung, müsste man Walser als glücklichen Menschen bezeichnen; und als einen mächtigen.

Doch der Krieg ging weiter, und obwohl der Widerstand erste Anzeichen von Schwäche aufwies, rissen die Todesfälle unter den Militärs nicht ab. Das wichtigste Ereignis der letzten Zeit war die Ermordung Orthos gewesen, jenes bedeutenden Offiziers und Kriegshelden, der bereits mehreren Attentaten entgangen war. Er war auf seiner eigenen Hochzeit umgebracht worden.

Der Krieg ging also weiter: wie ein Verrückter oder etwas anderes.

KAPITEL XV

1

Margha Walser konnte nicht unbedingt als hübsche Frau bezeichnet werden, doch sie war auch nicht ganz uninteressant.

Ihr schwarzes Haar war für das Alter, in das sie kam, vielleicht etwas zu lang und die Hüften zu ausladend für den Durchschnittsgeschmack des männlichen Blicks, doch ihre offensichtlich straffen Brüste glichen diesen kleinen Makel, wenn man so will, wieder aus. Sie hatte helle Augen und war, obgleich keine große Frau, doch fast so groß wie Walser, was sie im Übrigen immer gestört hatte, auch wenn sie das nie zugab. Ein großer Mann war für Margha das Symbol für einen Mann, der sie in jeder Situation verteidigen konnte.

In diesen schwierigen Zeiten, in denen zudem das Gehalt ihres Mannes gekürzt worden war, versuchte Margha Walser eine gewisse Stabilität zu wahren. Hygiene und Ernährung waren die beiden Grundpfeiler eines jeden Haushaltes, und Margha Walser duldete in dieser Hinsicht keine Nachlässigkeit. Niemals hatte es ihr und ihrem Mann an einem kräftigen Mittagessen gefehlt; ihr Haus verfügte zwar über keinen besonderen Luxus, doch es fehlte auch nichts Wesentliches. Vor allem gab es dort eine kleine Kammer, in der zwei Monate Lebensvorrat lagerte, und die war ihr ganzer Stolz, denn sie gab ihr die Sicherheit, dass sie beide, ihr Mann und sie, am Leben bleiben würden (zumindest zwei weitere Monate), schließlich hatten sie dafür Lebensmittel. Diese Logik könnte man sogar unter folgender Formel zusammenfassen: Wieso sollten wir sterben, wenn wir doch zu essen haben? Als gäbe es außer der fehlenden Nahrung keine anderen Gründe für den menschlichen Tod.

2

Es war ein Wochentag, Donnerstag, und Joseph Walser war nach einem ruhigen Abendessen mit seiner Frau noch ein paar Minuten Zeitung lesend sitzen geblieben. Margha Walser tauchte an der Wohnzimmertür auf, und bereits das Klackern ihrer hochhackigen Schuhe war für Joseph, der nun den Kopf hob, verwirrend gewesen. Margha stand nun ein paar Meter vor ihrem Mann. Geschminkt und in einem Rock, den sie nur selten trug.

»Joseph«, fragte Margha, »darf ich ausgehen?«

Walser faltete die Zeitung zusammen und erhob sich hastig. Ohne seine Frau anzublicken, kehrte er ihr den Rücken und ging zu der Schublade mit dem Schlüssel für sein Arbeitszimmer. Er nahm ihn, sperrte die Tür auf und trat ein. Man hörte das Geräusch des Schlüssels, der von innen herumgedreht wurde.

Im Arbeitszimmer war alles wie immer, alles an seinem Platz. Er zog mit der rechten Hand den Stuhl zu sich heran und setzte sich. Die Leerstelle an der Hand verwirrte seinen Blick nun gar nicht mehr. Es war, als wäre die Hand so zur Welt gekommen, mit ihr.

Er öffnete das Heft und blätterte mit der rechten Hand die wenigen Seiten der neuen Einträge durch. Das letzte Stück seiner Sammlung war ein kleiner, circa drei Zentimeter langer Metallbogen, den er von einer Dame erbeten hatte, die ihn gerade in den Müll werfen wollte.

»Wofür brauchen Sie das? Das ist doch zu nichts nütze«, hatte die Dame gefragt. »Ich forsche«, hatte Walser geantwortet.

Der ungläubige Ausdruck auf dem Gesicht der Dame über das »Forschen« hatte ihn nicht abgeschreckt. »Ich danke Ihnen«, hatte er gesagt, »für mich ist das ein wichtiger Gegenstand.« Dieses Metallteil lag nun vor ihm auf dem Tisch seines Arbeitszimmers.

Walser verspürte eine gewisse Verwirrung angesichts dieses Metallteils. Er hatte bereits sämtliche Maße aufgenommen, hatte eine genaue Zeichnung erstellt und den Ort und die Bedingungen notiert, unter denen er es gefunden hatte, doch es fehlte etwas Wesentliches: Zu welchem Mechanismus gehörte dieses Teil? Er hatte die Dame zwar gefragt, doch die konnte ihm seine Frage nicht beantworten. Sie stand am Hauseingang: »Ich weiß nicht, woher das stammt. Vielleicht aus dem Krieg.«

Dieser Metallbogen schien zu keinem Haushaltsgerät zu gehören. Er konnte in der Tat Teil einer Waffe oder einer Kriegsmaschine sein.

Am faszinierendsten waren für Walser genau diese Augenblicke, in denen er das Gefühl hatte zu »forschen«. Woher stammte dieses Metallteil? Mit welchem Mechanismus funktionierte es? Oder, andersherum gefragt: Welcher Mechanismus hatte aufgehört zu funktionieren, weil dieses Teil nicht mehr an seinem Platz war, sondern vor einem Gebäude herumlag? Ja, es bestand kein Zweifel: Dieses Metallteil hatte zu einer Waffe gehört.

Dieser Gedanke bereitete Walser ein ungeheures Vergnügen. Wenn dieses Metallteil zu einer Waffe, zu einer kleinen oder einer großen Waffe, gehört hatte, dann funktionierte diese nun nicht mehr, weil das Metallteil dort vor seinen Augen auf dem Tisch lag, nur ein paar Zentimeter von seinen Händen entfernt.

Als er erneut das Metallteil betrachtete, spürte er, dass er in den Krieg eingriff. Eine Waffe kann nicht schießen, weil ich hier eines ihrer Bestandteile habe! Er fühlte sich erstmals dazugehörig: Er nahm teil. Mehr noch: Er spürte, dass der Krieg – dieser Krieg – für ihn doch eine Bedeutung hatte. Er, Joseph Walser, berührte mit seiner unversehrten linken und mit seiner rechten Hand, der ein Finger – der Zeigefinger – fehlte, eine Waffe; er hielt also gerade einen für den Konflikt unerlässlichen Gegenstand in Händen. Er hatte den Krieg unterbrochen, er.

Er kam sogar auf die absurde Idee, fortan von jeder Waffe ein kleines, winziges Teil zu stehlen, um so, fast unmerklich, den Lärm zu beenden. »Eine Ein-Mann-Verschwörung«, murmelte Walser und musste unweigerlich grinsen, weil die Idee so absurd war.

Doch er unterbrach tatsächlich den Krieg, daran zweifelte er nicht. Indem er dieses Metallteil registrierte, es in seine Sammlung aufnahm, entzog er es gleichzeitig der Welt, entzog er es dem Zugriff anderer Menschen. Und das führte zu der Frage: Zu welcher Seite gehörte die Waffe, deren Funktionieren er sozusagen unterbrochen hatte? Zu welcher? Zu der der Streitkräfte? Zu der der Aufständischen? Und was spielte das letztlich für eine Rolle?

Endlich begriff er seine wahre Position in Bezug auf die wichtigen Ereignisse in der Stadt: Was spielte es für eine Rolle, wem diese Waffe gehörte? Die Antwort war nicht von Bedeutung. Er hatte lediglich ein neues Element für seine Sammlung erworben.

Da vernahm er ein Geräusch. Es war die Wohnungstür. Margha war soeben weggegangen.

Joseph Walser zog das Lineal mit der rechten Hand zu sich heran. Er musste die Höhe des Metallteils überprüfen, doch seine rechte Hand zitterte.

KAPITEL XVI

1

Joseph Walser hatte vor wenigen Minuten seinen Arbeitstag beendet und wollte gerade nach Hause gehen, als er Besuch erhielt von Vorarbeiter Klober, dem er seit mehreren Wochen nicht mehr begegnet war.

»Joseph Walser, wie schön, Sie zu sehen!«

Die beiden Männer wechselten einen Händedruck, wobei der von Klober wie üblich kräftiger war.

»Wie ich sehe, geht es Ihr bereits viel besser, sie ist nicht mehr so rot«, sagte Klober mit einem Blick auf Walsers Hand. »Der Körper gewöhnt sich an alles, nicht wahr?«

Joseph Walser sagte nichts.

»Mein Lieber, ich bin eigens gekommen, um Sie zu sehen. Das ist also ein Besuch, wenn Sie so wollen. Ich mag Sie, das kann ich nicht leugnen. Und selbst unsere arbeitsbedingte Distanz hat dieses Gefühl nicht zunichtegemacht. Wie soll ich es erklären? Die Gründe sind vielfältig, einige weniger konkret und logisch, andere aber kennen Sie sehr gut, werter Walser.

Ich möchte Sie wissen lassen, dass Ihr Unfall mich tief betrübt hat. Ich werde nicht sagen, dass er mein Leben verändert hat, Sie kennen mich gut genug, um zu wissen, dass ich weder zu Heuchelei noch zu falscher Gutherzigkeit neige. Mein Lieber, wir sind beide Männer, und mein Leben geht weiter, klar.

Sie denken vielleicht, dass ich mich über Ihren Unfall lustig mache, doch als wir uns vorher die Hand gaben, habe ich eine stärkere Verbindung zwischen diesen beiden Elementen gespürt: meiner Hand und Ihrer. Das klingt merkwürdig, aber so ist das Leben: merkwürdig, bis zum letzten Augenblick merkwürdig.

Aber fahren wir fort: Walser, Sie sind mir sympathisch, ich wiederhole es, Sie sind mir auf eine irrationale Weise sympathisch, die mir jetzt fast zum Schaden gereicht. Daher will ich Ihnen kurz sagen, weshalb ich hier bin. Ich habe wichtige Informationen. Ich rate Ihnen, morgen Ihr Würfelspiel im Hause Ihres guten Freundes Fluzst zu vergessen. Es gibt unangebrachte Freundschaften, mein Lieber, aber es sind die Herzen, die darüber entscheiden – wie unsere lieben Romantiker sagen –, nicht wir. Aber gut, es ist an der Zeit, andere Organe zu aktivieren, wenn ich es mal so ausdrücken darf. Die Zeiten eignen sich nicht dafür, dem Bauch die Verantwortung für unser Tun zu überlassen. Der Kopf, Walser, wir leben in einer Zeit, in der der Kopf gefragt ist. Er muss über dem restlichen Organismus stehen, begreifen Sie? Darüber. In unruhigen Zeiten muss die Hierarchie um jeden Preis gewahrt werden: Und der Kopf, das haben Sie bestimmt schon bemerkt, mein Wertester, wurde sozusagen an eine privilegierte Stelle unseres Organismus gesetzt. Obendrauf, verstehen Sie? Auf die Spitze. Natürlich wäre es manchmal fast besser, unser Gehirn befände sich an einer anderen Stelle unseres Organismus, besser geschützt. Ich komme gerade von draußen, Walser, und ich habe einen Leichnam gesehen, einen Menschen – nur fast ein Mensch, würde ich inzwischen sagen – mit zerfetztem Kopf, einen Militär mit einem von zwei Kugeln zerfetzten Kopf. In solchen Augenblicken versteht man, dass die Intelligenz besser geschützt werden sollte, man hätte sie weiter unten anbringen müssen statt so weit oben, denn dort ist sie so exponiert. Sie sehen also: Es gibt keine Lösung.

Doch solange wir am Leben sind auf dieser wunderbaren Erde, die wir, Sie und ich, natürlich unzweifelhaft lieben, und zwar so sehr, dass wir imstande wären, für sie zu sterben – nicht wahr, mein Freund Walser? –, also, in Augenblicken, in denen das Land auseinanderzubrechen scheint, in diesen Augenblicken müssen wir einfach nur die Organe schützen, die es uns erlauben, die Welt zu verstehen; und die kennen Sie gut.

Alles andere geht uns nichts an.

Aber verzeihen Sie mir diesen Diskurs, es ist die Freude, Sie wiederzusehen, Sie lösen bei mir das Denken aus, Freund Walser; ich fühle mich eloquent, wenn ich mit Ihnen zusammen bin. Nun denn, hier kommt die Information noch einmal, eine äußerst wichtige Information: Vergessen Sie morgen, am Samstag, Ihr Würfelspiel! Morgen Nacht wird Fluzst verhaftet werden. Er ist ein Mann, der gewaltig in der Klemme sitzt.

Ich weiß, dass Fluzst Ihr Freund ist, oder so etwas Ähnliches, im Übrigen weiß ich von keinem weiteren. Sie sind kein umgänglicher Mensch, mein Wertester, das muss man zugeben, Sie haben wenige Beziehungen aufgebaut. Wir gehören alle zu derselben Welt und derselben Ewigkeit, wenn Sie mir diesen Ausdruck gestatten, wir sollten uns besser kennenlernen. Vielleicht würden wir dann Liebe füreinander empfinden, wer weiß?

Es ist noch ein Tag bis dahin, Sie haben also genügend Zeit, können von hier weggehen und Fluzst warnen. Oder aber Sie befolgen meinen Rat: Vergessen Sie morgen Ihr Würfelspiel. Nach allem, was ich weiß, haben Sie nicht so viel gewonnen, und Geld ist nicht das Einzige, das uns überleben lässt, wie Sie bestimmt schon gemerkt haben.

Mein lieber Walser, es tut mir sehr leid, aber ich muss mich verabschieden. Es hat mich gefreut, Sie wiederzusehen, es ist mir jedes Mal ein Vergnügen. Und ich brauche wohl nicht eigens dazuzusagen, dass die Information, die ich Ihnen übermittelt habe, absolut vertraulich ist, nicht einmal Ihre entzückende Frau darf davon erfahren. Betrachten Sie es als einen Persönlichkeitstest. Sie haben einen ganzen Tag, mehr als vierundzwanzig Stunden Zeit, um Ihre Überzeugungen und Ihre Intelligenz unter Beweis zu stellen. Ich reiche Ihnen erneut meine rechte Hand, reichen Sie mir auch die Ihre. Lieber Walser, ich zähle auf Sie.«

KAPITEL XVII

1

Samstagabends entwickelte die Stadt eine seltsame Logik, es zeigte sich ein schizophrener Zug bei den Menschen, die vielleicht gerade einen unerquicklichen Tag hinter sich hatten und sich nun ohne Skrupel dem Tanzvergnügen und einem billigen, erregenden Licht verschrieben. Man vergnügte sich.

Ein Liebespaar versucht sich im Sätze-Raten. Ein Spiel: Er schreibt etwas auf ein Blatt Papier und versteckt anschließend, was er geschrieben hat; dann sagt sie etwas, und sie vergleichen; sie lachen über die Ergebnisse, über ihr Scheitern, über die Vorhersehbarkeit oder Unvorhersehbarkeit der Gedanken.

Die Ellbogen der Frau bringen mit ein paar ungeschickten Bewegungen das Glas Wein ins Wanken; sie lacht schallend, er bittet den Kellner um Entschuldigung, sagt, er werde alles bezahlen.

Unvernünftige Küsse künden von Leidenschaft. Liebesformeln und Sätze, die man bei anderen abgeguckt hat, werden geäußert, und sie werden, individuell ausgesprochen oder gehört, bedeutsam und können die Gedanken eine ganze Woche lang beschäftigen. In Zeiten geringer Vorstellungskraft entsteht eine neue Wissenschaft: die Wissenschaft, Liebe in Worte zu fassen; als ginge es um eine experimentelle Studie, bei der man bereits mit absoluter Gewissheit weiß, welche praktischen Auswirkungen oder moralischen Folgen gewisse Sätze im Körper eines Mannes oder einer Frau an einem Samstagabend haben. Ein Abend, an dem die von Militärs beschützte Stadt offensichtlich unerreichbar ist für den Tod, der manchmal selbst den Frohsinn der Sieger oder auch die Gleichgültigen beschämt.

Zeiten, in denen Angst herrscht, werden nicht nur zum Überleben genutzt, sondern auch für überbordende Leidenschaften. Misst man die Qualität einer Generation jedoch an der Qualität der Sätze, die ihre Verführer verwenden, so war dies ohne Zweifel eine mittelmäßige Generation.

Untrennbar mit einer gewissen Gewalt verbunden (sie waren quasi ihr Kontrapunkt), stellten die Verführungen in diesen besonderen Nächten also gut platzierte Schläge dar, die die andere Seite der Existenz trafen. Bei jeder Unterbrechung einer schweren Krankheit oder auch der Angst geht man auf die Straße, singt man; Jugendliche spähen durchs Schlüsselloch, um die Grenzen ihrer Moral und die üppige Nacktheit der Hausangestellten zu überprüfen; nach großen körperlichen Einsätzen an unsicheren Orten lernen Soldaten Tanzschritte, unnütze Schritte, Bewegungen, die weder produzieren noch töten, Bewegungen, die einzig dem Bedürfnis nach Freude entspringen; die Soldaten tanzen mit einer großen körperlichen Klarheit, sie hören dem Lehrer aufmerksam zu, der Schritte ohne Form lehrt, mit denen man jedoch selbst weniger flatterhafte Damen wirkungsvoll verführen kann; sie hören dem Tanzlehrer so zu, wie sie auch dem Offizier zugehört haben, der sie andere Schritte, eine andere Art, auf der Erde zu wandeln, gelehrt hat.

Der allgemeine Sinn der Welt passt nicht auf einen Tisch, deshalb bestellen die beiden Soldaten noch mehr Bier, und ihre angetrunkenen Begleiterinnen lächeln unentwegt, mit voller Blase und prallen Brüsten. Man geht aus, um die Vollkommenheit zu finden, und trifft auf Soldaten, ja – die die unerlässlichen Waffen auf ein Detail an ihrer Kleidung reduziert haben – und auf Frauen, die von mutigen oder getöteten Männern verlassen wurden und unbeholfen unvereinbare Stile mischen: Sie schwanken zwischen Prostituiertenblicken und Sätzen mit ausgefeilter Grammatik oder der Sorge über die »instabile politische Lage«. Die Frauen erniedrigen sich. Die Männer stammen aus einer anderen Stadt, sind lediglich auf der Durchreise.

Doch die Fröhlichkeit hört nicht auf. Die beiden Verliebten bemühen sich, ein neues Jahrhundert einzuläuten, nur an diesem Tisch, ein privates Jahrhundert. Eine ungebildete Frau, deren unflätige Ellbogen auf dem Tisch ruhen und auf deren Kleid bereits zwei Weinflecken prangen, diese Frau, die am Nachmittag noch die Moral von Leuten anprangerte, deren Namen sie nicht einmal buchstabieren konnte, hat nun ihren Stöckelschuh auf den Stiefel des Soldaten gestellt und wiederholt Verhaltensweisen, die im Film Wirkung zeigten; und sie spürt bereits das gewisse weibliche Etwas, das sich oberhalb ihrer Knie manifestiert.

Die Normalität schreitet voran; niemand stört sie, es besteht ein Zwang zum Marschieren, der, von außen betrachtet, unverständlich, fast absurd wirkt. Die Normalität schreitet voran, selbst über die Trümmer; der Organismus versucht, sich in den merkwürdigsten, verwirrendsten Situationen seine Gewohnheiten zu bewahren. Die Männer halten keine Minute inne, sie freuen sich oder versuchen, sich an das neue Element zu gewöhnen, jetzt stehen sie auf, ja, und nur, weil sie begehren, hören sie trotzdem nicht auf zu suchen. Was sie suchen? Das, was ihnen geraubt wurde.

Das dringende Bedürfnis nach Normalität, das sich in diesen härteren Zeiten zeigt, in Zeiten, die am ehesten bedeutsame Handlungen in sich selbst zulassen – als besäße die Zeit ein veränderliches, mal mehr, mal weniger konzentriertes Volumen –, dieses Bedürfnis nach Normalität zeigte sich beispielsweise auch in dem Würfelspiel, an dem Joseph Walser jeden Samstagabend teilnahm. Es war eine Gewohnheit, die schon vor dem Eindringen der Militärs in die Stadt bestand, und sie wurde auch danach quasi unverändert fortgesetzt.

Die Regeln einer autonomen Welt, einer abgeschlossenen Welt, wurden insbesondere dann nicht verändert, wenn draußen Unvorhersehbarkeit die Tage beherrschte.

Ebenso wie bei der Verwaltung eines Landes gründete in Kriegszeiten quasi jeder Mensch ganz individuell ein Ministerium der Normalität, das im Wesentlichen Wiederholungen vorschrieb. Denn nur Wiederholungen beruhigten, nur Wiederholungen erlaubten dem Einzelnen, sich auch am nächsten Tag noch als Mensch wiederzufinden. Wiederholungen von Handlungen oder kleinen Gesten, von Worten oder banalen Sätzen – selbst Wiederholungen von nicht sichtbaren, nicht von anderen wahrnehmbaren Handlungen wie Bilder und Erinnerungen im Gehirn –, all dies erlaubte es dem Einzelnen, im Chaos zu überleben, im Reich der Unordnung zu widerstehen, in dem, was Klober als das »Jahrhundert der Unvorhersehbarkeit« zu bezeichnen pflegte, ein Jahrhundert, das nicht nur das Gegenteil von Wiederholung war, sondern ihr Feind. »Das ist kein normales Jahrhundert«, pflegte Klober zu sagen, doch die Menschen dieses Jahrhunderts sind das geblieben, was sie immer waren. Und genau das war es, was sich vermischte: Menschen, die grundlegende Handlungen früherer Generationen wiederholten, wurden überrollt – und die Verwendung dieses Begriffs ist korrekt, weil sie den Verlauf und die Geschwindigkeit der Bewegungen beschreibt –, wurden also gleichzeitig von gänzlich neuen Phänomenen überrollt.

»Kein Prophet hätte bisher auch nur die Schuhfarbe des Jahrhunderts erraten«, sagte Klober in spöttischem Ton.

2

Die Stadt war in Aufruhr, und die Geräusche der Samstagsvergnügungen drangen bereits durch die Fenster von Margha und Joseph Walsers Haus.

Margha sah auf die Wohnzimmeruhr und dann auf ihren Mann.

»Es ist schon neun. Was ist mit deinem Würfeln?«

»Heute geh ich nicht«, antwortete Joseph Walser.

3

An jenem Samstagabend wurden im Hause Fluzst drei Männer festgenommen. Fluzst selbst, Normaas und Rolph. Normaas und Rolph wurden wegen »Mitwisserschaft« und »Freundschaft mit einem Mitglied des Widerstands« verhaftet. Am Sonntag gegen vier Uhr nachmittags wurde Fluzst standrechtlich erschossen.

An jenem Abend hatten von den üblichen fünf Spielern zwei gefehlt, Joseph Walser und Stumm. Diese beiden Männer hatten ihre Normalität unterbrochen, waren nicht wie sonst üblich bei Fluzst erschienen.

Mit jeder verstrichenen Minute wunderten sich die um den Spieltisch versammelten Männer Fluzst, Normaas und Rolph mehr über Josephs und Stumms Verspätung. Ab einem bestimmten Augenblick war die Verspätung »merkwürdig«, weil keiner der beiden abgesagt hatte. Als sie ein Klopfen an der Tür vernahmen, hörte die Verwunderung auf, und für kurze Zeit stellte sich wieder ein Gefühl von Normalität ein. Es war Normaas, der stets Hilfsbereite, der zur Tür ging. Er öffnete sie, schon einen Scherz über die Unpünktlichkeit der beiden Spieler auf den Lippen. Doch er kam nicht dazu, etwas zu sagen. Draußen standen Soldaten.

Und dann sollte nichts mehr normal sein an diesem Abend. Das Chaos war eingedrungen in die wenigen

Stunden, die die Männer gegen die Außenwelt ihres Jahrhunderts verteidigt hatten. Du kannst deinem Jahrhundert nicht entfliehen, mochte jeder dieser Männer in dem Augenblick gedacht haben, als acht Soldaten ihre Waffen auf ihre menschlichen und verängstigten Köpfe richteten.

KAPITEL XVIII

1

Monate nach der Erschießung begegnete Joseph Walser auf der Straße Fluzsts Witwe. Die Stadt hatte so unruhige Tage erlebt, dass dieses tragische Einzelschicksal selbst für die unmittelbar Betroffenen bereits ein paar Jahre zurückzuliegen schien.

»Wie geht es Ihnen?«, fragte Walser vorsichtig zur Begrüßung.

Fluzsts Witwe hatte die Trauerkleidung längst abgelegt. Sie trug einen langen grauen Rock, der ihre kräftigen weiblichen Hüften betonte; auch die Brüste waren ausladend. Clairie hatte seit dem »Ereignis«, wie alle Fluzsts Erschießung schamhaft nannten (oder seit »dem, was passiert war«), ein paar Kilo zugenommen; die ausladenden Brüste schienen aus der weißen Bluse springen zu wollen, was Walser in heftige Verwirrung stürzte.

Clairie war eine Frau, die stets seine Neugier erregt hatte. Äußerst zurückhaltend und schweigsam, hatte sie lediglich die Anweisungen ihres Mannes befolgt, dennoch war ihre Rolle an diesen Würfelabenden, die Walser jahrelang besuchte, eine entscheidende gewesen.

Doch jeder längere Blick war früher gefiltert und annuliert worden, weil eine gänzlich andere Situation bestand, eine starre Situation sozusagen, die keinerlei Anzeichen für eine Veränderung aufwies und daher auf Joseph Walser ewig wirkte; eine Situation, in der diese Frau – Clairie, die Gattin des Hausherrn, jenes tonangebenden Fluzst – manchmal einen Hauswein ins Spielzimmer brachte, der die Spieler stärkte und die Gier, die sich Minute für Minute dort aufbaute, kurzzeitig unterbrach. Es war dieses Eintreten einer Frau und natürlich auch der Wein, die eine gewisse emotionale Kontrolle des Spiels möglich machten. Die instinktiven, fast gefährlichen Emotionen, die sich mit jedem Wurf vermehrten, wurden plötzlich, nur durch das Eintreten eines weiblichen Elements in den Raum, in eine andere Richtung gelenkt. Ein unvermittelter Platzregen an einem als heiter vorausgesagten Tag hätte keine größere Überraschung auslösen können als das Eintreten dieser Frau, Clairie, in das Spielzimmer. Sie personifizierte das Eindringen einer anderen Welt; eine regelmäßige Erinnerung, die die Außenwelt diesen fünf Männern auch weiterhin sandte. Ihr Eintreten mit Wein und Schnittchen nach der Hälfte des Spiels war trotz ihrer Diskretion und Wortkargheit so etwas wie ein Zeichen für den Fortgang des Krieges, weil es für die Spieler ein »Erwachen« darstellte.

Doch nun war die Lage eine völlig andere. Sie war neu festgelegt worden, eine neue Ewigkeit schien angebrochen zu sein: Diese Frau war inzwischen Witwe, mehr noch: Diese Frau – Clairie – hatte nun keinen Mann mehr an ihrer Seite. Sie war noch jung und trug an diesem Spätnachmittag, an dem sie Walser begegnete, eine weiße Bluse, nicht durchsichtig, doch eine Bluse, die ihre Brüste zu einem starken Element machte, zu dem Element, das Walsers Blick eindeutig verwirrte. Der Umriss der kräftigen rechten Brust war durch ein Versehen oder durch eine ungestüme Bewegung für kurze Zeit sichtbar geworden, ein Umriss, der für Walser zur Obsession wurde.

»Sind Sie noch im Sekretariat beschäftigt, Herr Walser?«

Joseph nickte lächelnd. Auch Clairie arbeitete in einer Firma Leo Vasts. Sie führten am Tage also dieselben Tätigkeiten aus und unterlagen denselben Ritualen.

»Gefährten der Sklaverei«, scherzte Walser.

Clairie lächelte.

Nach ein paar weiteren kurzen Worten verabschiedete sich Clairie. Joseph Walser ging nicht einmal einen Meter weiter, wandte sich um und starrte auf ihre Hüftbewegungen, als Clairie davonging. Ohne dies in irgendeiner Weise zu planen, machte der erregte Walser ein paar eilige Schritte in Richtung Clairie (während er gleichzeitig instinktiv die rechte, verkrüppelte Hand hinter dem Rücken verbarg) und rief laut, in einem Ton, der ihn in einer anderen Situation sicherlich beschämt hätte: »Frau Clairie!«

Clairie blieb stehen und wandte sich um. Sie lächelte.

»Ja?«

Walser war absolut erregt; und weil er sich durch ihr Lächeln bestärkt sah, flüsterte er: »Frau Clairie, ich muss Ihnen etwas sagen, etwas, das ich lange für mich behalten habe. Etwas, das mit Gefühlen zu tun hat, Frau Clairie, mit starken Gefühlen.«

2

»Benehmen Sie sich, Herr Walser. Wir befinden uns hier mitten auf der Straße«, sagte Clairie. »Bestimmte Dinge darf man einer Frau in keiner Situation sagen, und schon gar nicht in einer solchen. Mein Mann ist kürzlich verstorben, und Sie waren einer seiner Freunde. Ich bin noch in Trauer.«

Dann fragte sie unvermittelt: »Herr Walser, warum sind Sie an jenem Abend nicht zum Würfeln gekommen?«

Walser antwortete nicht. Clairie wandte ihm den Rücken zu und beschleunigte ihren Schritt.

»Dumme Gans«, murmelte Joseph Walser und warf einen letzten Blick auf die Bewegungen, die Clairie mit ihren Hüften vollführte.

Da näherten sich zwei Soldaten.

Joseph nahm Haltung an, gab sich betont respektvoll und ging erst dann weiter.

KAPITEL XIX

1

Die Intensität der äußeren Umstände wirkte sich deutlich auf die individuelle Persönlichkeit aus, auf ihre Auslöschung oder Ausprägung. »Ein Mensch, der sich an die äußeren Umstände klammert, kann fallen«, sagte Klober manchmal in Unterhaltungen.

Jedes vom individuellen Gedächtnis festgehaltene Ereignis war für Klober nichts Geringeres als die aus einem Balanceakt gezogene Konsequenz: Bestimmte Handlungen von Lebewesen mit einem gewissen intellektuellen Willen konnten sich auf unbewegliche Dinge auswirken oder auch nicht, und das Zusammentreffen dieser beiden Welten hatte ein Ergebnis zur Folge, eine objektive Wirkung, welche man, gäbe es für die praktische Lebenserfahrung eine Wissenschaft mit ebenso ausgefeilten Methoden wie für bestimmte Laborarbeiten, sogar über konkrete, eindeutige und allseits verständliche Zahlen ausdrücken könnte. Da dies jedoch nicht passierte, sprich: da die individuelle Wahrnehmung nichts wissen wollte von einer kollektiven Wissenschaft des Wahrnehmens und Erklärens der Ereignisse, blieb jedes Gedächtnis genau das: individuell, anders, und unterstrich so die Abgrenzung. Hätte ein Kollektiv von Menschen genau das gleiche Gedächtnis, wäre es kein Kollektiv, sondern eine Einzelexistenz. Vom kollektiven Gedächtnis eines Volkes zu sprechen war also ausgemachter Blödsinn, gleichzeitig aber auch eine ausgezeichnete Strategie des Vaterlandes. Über die Geschichte, die man Kinder lehrte, versuchte man offensichtlich, in den jungen Köpfen eine begrenzte, quantitative Formel für das Gedächtnis aufzubauen. Die Geschichte eines Landes zu lernen hieß aber für die Wachsameren, das individuelle Gedächtnis zu verlieren. »Es ist die Geschichtslehre, die den Bürger langsam auslöscht«, pflegte Klober zu sagen. »Wenn es heißt: Du musst die geschichtlichen Fakten deines Landes kennenlernen, heißt das in Wirklichkeit: Du musst vergessen, dass du ein individuelles Gedächtnis hast und dass es alleine funktioniert. Dein Gedächtnis soll nicht anfangen zu funktionieren, ehe wir es nicht eingenommen haben; das denken diejenigen, die uns unterrichten«, sagte Klober. »Also ist es auch nicht verwunderlich, dass seit über fünfzig Jahren kein Genie mehr geboren wurde: Wer kann schon wirklich kreativ sein, wenn er von klein auf mit Geschichte betäubt wird?«

»Mein lieber Walser«, beharrte Klober, »die Dinge haben sich nicht so ereignet, wie man sie uns erzählt, es ist schlichtweg unmöglich, organische Ereignisse mittels einer verbalen Beschreibung in Erinnerung zu rufen oder zu erklären. Das schaffen auch keine Bilder.

Sie haben dem Land zwei recht fragwürdige Zeugen verpasst: Weder die Augen noch die Sprache erfassen auch nur die einfachsten Regeln der Existenz. Zwei Zeugen – Augen und Sprache –, die trügen.

Die Ereignisse stehen für sich, getrennt von uns, unverstanden; einsame Wesen im Grunde, man verzeihe mir diesen lächerlichen Vergleich, doch das ist es: Kein Ereignis ist bis heute je verstanden worden. Angefangen bei den bedeutsamsten Ereignissen für ein Land bis hin zu den intimsten im Leben des Einzelnen: Wir haben noch keine Wissenschaft, die versteht, was passiert oder passiert ist. Aber genau diese Prämisse der Wissenschaft macht sie auch kaputt, und zwar gleich von Anfang an: diese absurde, noch immer nicht ganz ad absurdum geführte Vorstellung, die Wissenschaft sei universell und werde von allen Individuen auf die gleiche Weise verstanden. Dieses durchsichtige Konzept von Ursache und Wirkung, von der zahlenmäßigen Erfassung, von dieser Fixierung auf eine Erklärung der Ereignisse nur über Zahlen oder Buchstaben. Da wird eine Reihe von nicht wiederholbaren individuellen Gegebenheiten zu einer Formel zusammengeschustert, und die präsentiert man dann der Welt mit den Worten: ›Hier habt ihr das, was einem Menschen in einem bestimmten Augenblick und an einem bestimmten Ort widerfahren ist, hier habt ihr die Kurzfassung davon, damit es auch alle verstehen. Und falls möglich, macht ein Gesetz, macht Geschichte daraus.‹

In Wirklichkeit kennen wir nur wenig oder nichts, weil wir von der Vorstellung einer individuellen Wissenschaft, einer geografisch und zeitlich personalisierten Wissenschaft abgekommen sind. Weil diese individuelle, wahrhaft nötige Wissenschaft nicht getaugt hat für das Land und die Welt – angenommen, diese Dinge existieren überhaupt – und zudem noch gefährlich war, denn nichts ist trennender, als ein und dasselbe Ereignis auf unterschiedliche Weise zu erklären. Da sie also das trennte, was die Heimat verbinden wollte, nämlich die Menschen, beraubte man sie von vornherein ihres

Sinns: Sie ist nicht nötig, ist unnötig, ist schädlich, muss ausgerottet und schließlich, im letzten Schritt, vergessen werden. Wer denkt denn heute noch daran«, sagte Klober, »eine individuelle Wissenschaft zu errichten, eine Wissenschaft, der ein Eigenname vorsteht, eine Wissenschaft, die nicht mit den anderen Denkansätzen diskutieren möchte?

Eine individuelle Wissenschaft, eine einsame Erklärung der Phänomene, das ist es, was wir brauchen.

Allein zu kämpfen ist ein lobenswerter Akt, doch er hängt von so vielen Besonderheiten der Kraft und auch des Geistes ab. Ein Verrückter kann alleine kämpfen, ein Mensch, der über keinerlei Urteilsvermögen verfügt, ein Mensch mit mittelmäßigen Gedanken kann alleine kämpfen. Doch die einsame Erklärung erfordert bereits eine andere Höhe – wir wollen mal dieses Wort verwenden – der Intelligenz. Jeder kreative Instinkt beginnt mit dieser alten Forderung, die das kollektive Gedächtnis vergessen machen will: Wir sind kreativ, weil wir eine einsame, eine individuelle Erklärung finden wollen, eine Erklärung, die unvergleichlich ist, keinen Doppelgänger hat, die nicht verstanden werden kann, eine egoistische Erklärung, werden einige sagen, ja, natürlich, egoistisch. Mehr noch: gehässig. Eine Erklärung, die die anderen hasst, sie bekämpft; doch sie bekämpft die anderen Erklärungen nicht, um sie einfach nur zu besiegen, vielmehr will sie die Menschen, die über eine andere einsame Erklärung verfügen, besiegen, zerstören und auslöschen. Die einsame Erklärung, die individuelle Wissenschaft par excellence, will alle anderen Existenzen auslöschen, weil sie sie hasst; und sie hasst sie einfach deshalb, weil eine andere Intelligenz und eine andere Möglichkeit zur Einsamkeit der Beweis dafür sind, dass wir die Welt nicht alleine beherrschen.

Es gibt nur ein wahres, nicht kollektives, nicht soziales Wesen, heißt es. Und dieses Wesen ist nicht das, das sich absondert, nicht das, das in die Berge oder in den Wald flüchtet, dieses Wesen ist jenes, das die anderen tötet, das alle anderen töten will, um endlich allein zu sein, das ist das wahre einsame Wesen. Die anderen, die ins Gebirge oder in den Wald flüchten, sind nicht einsam, sondern feige. Ebenso wie jene, die das Haus nicht verlassen, bis der Krieg vorbei ist. Du wirst den Wald bis an dein Lebensende nicht verlassen, das ist die brillante Formel, die ein paar Weise für die Lösung unserer Existenz gefunden haben. Nein, mein Lieber, entweder ist man bereit, die anderen bis zum Äußersten zu hassen, oder man fängt besser gar nicht damit an, Kraft zu sammeln, weil man noch nicht individuell genug ist. Der Hass ist das große Markenzeichen des Menschen, er zeichnet ihn aus, schafft den Unterschied und grenzt den Menschen von anderen Dingen ab. Es ist der Hass, über den du dir einen Namen machst. Nur über deinen Hass wirst du bei deiner Mutter Anerkennung finden, bei deinem Vater – bei jenen, die dir ihren Körper darboten. Wir sollten uns nicht von der Moral oder der Geschichte eines Landes täuschen lassen, im Grunde sind es zwei identische Kräfte: Moral und Geschichte sind lediglich zwei Arten, auf die die Gruppe, das Vaterland dir sagt, dich bittet, nicht zu existieren. ›Bitte existiere nicht‹, sagt die Geschichte eines Landes. ›Existiere nicht‹, sagt die kollektive Moral.

Und genau in diesem Spektrum bewegt sich der Krieg, das habt ihr bestimmt schon bemerkt«, fuhr Klober fort, »denn der Krieg ist das, was sich am stärksten über die Wahrheit des Menschen legt, deswegen ist er auch so erschreckend. Doch dieser Krieg ist wie so viele andere noch nicht die endgültige Wahrheit des Menschen, ist noch kein Element, das in der Lage ist, die Möglichkeit der Lüge komplett auszuschalten. Der letzte Krieg, der wahre, der sich absetzen wird von dieser Kopie, wird jener sein, in dem ein jeder gegen jeden kämpft, in dem jeder Mensch Anfang und Ende seines eigenen Heeres sein wird; der wahre Krieg, der exakte Krieg, der Krieg, der endlich zeigen wird, was ein Individuum ist, dieser Krieg, der noch nicht gekommen ist, den man noch nirgendwo erlebt hat, der aber kommen wird, dessen bin ich mir sicher, dieser Krieg ist der, in dem zwei einander sich nähernde Körper, ganz gleich welche, dies aus Hass tun werden. Jede Annäherung wird auf das Töten ausgerichtet sein, oder wir haben es noch nicht mit wahren Menschen zu tun.«

KAPITEL XX

1

Seit dieser kleinen, unangenehmen Unterhaltung mit Clairie waren noch keine sechs Monate vergangen, da bestellte sie Walser unter einem nichtigen Vorwand zu sich nach Hause, was bei einer alleinstehenden Frau auf ein deutliches Nachlassen des Schamgefühls hinwies.

Die Witwe hatte sämtliche Fotografien von Fluzst abgenommen. Es gab keinerlei Hinweis auf den früheren Mann.

»Ich habe Veränderungen im Haus vorgenommen«, sagte Clairie. »Ich wollte sie Ihnen zeigen, Herr Walser.«

Walser sah sich um. Clairie trat näher.

»Ich hoffe, Sie sind mir nicht böse, Herr Walser. Ich war beim letzten Mal zu schroff.«

Clairie trat noch etwas näher. Walser murmelte: »Margha wartet auf mich.«

Clairie näherte sich Walsers Gesicht und küsste ihn.

»Ich hoffe, Sie kommen nun wieder öfter, so wie früher«, sagte sie.

2

Auf dem Rückweg nach Hause – nach dem ersten Kuss von Clairie – dachte Joseph Walser an etwas anderes. An eine andere Domäne der Existenz, könnte man sagen.

Die Erregung kam aus seinem Inneren. Walser konnte den Satz nicht vergessen, den Klober öffentlich geäußert hatte, vor vier oder fünf Männern, und zwar mit einem Gesichtsausdruck, als wäre er stolz auf seinen Mut, solche Sätze zu äußern.

»Die großen Schlächter der Geschichte haben nicht genug gehasst. Es gab immer jemanden an ihrer Seite. Sie waren nie allein«, hatte Klober gesagt.

»Sie trugen das in sich, was jeder rationale Mensch als ›einen unfertigen Hass‹ bezeichnen würde oder als einen ›unvollständigen Hass‹.«

»Nein«, hatte Klober gesagt, »das war nicht genug.«

KAPITEL XXI

1

Eines war Walser längst deutlich geworden: Er war kein bedeutender Mensch. Das war sonnenklar. Eine gegenteilige Annahme hatte er auch nie in Betracht gezogen; somit war diese Tatsache fast so etwas wie eine konkrete Vorgabe seiner Existenz: Er war ein ganz gewöhnlicher Mensch, einer aus dieser unendlichen Spezies, die, mit neuen Ideen und Instrumenten beladen, seit Jahrhunderten die Erde bevölkerte.

Dieser Ausdruck erschreckte ihn ein wenig, und er verharrte davor, als wäre er ein Gegenstand, ein konkretes materielles Hindernis, das ihm den Durchgang versperrte; hier sei er noch einmal genannt: unendliche Spezies. Er, Joseph Walser, gehörte, weil er ein gewöhnlicher Mensch war, einer unendlichen Spezies an. Und wie sehr erschreckte es ihn, an dieses Unendliche zu denken. Fast hätte er pathetisch gemurmelt: Ich will aussteigen. Denn in der Tat erschien es ihm manchmal unmöglich auszusteigen, das Unendliche zu verlassen. Wie kann ich mich dem entziehen?

Früh schon war deutlich geworden, dass er kein Macher, sondern nur Zuschauer sein wollte. Und die Schwierigkeit der Existenz lag genau in diesem konkreten Problem; oftmals hatte Walser sich aus der Ferne betrachtet fröhlich gesehen, und aus der Ferne hatte er ebenso seine Traurigkeit oder Wut beobachtet. Beide gemäßigt. Doch niemals hatte er es geschafft, die Gleichgültigkeit von außen zu betrachten, in den unzähligen Augenblicken außerhalb seiner selbst zu stehen, in denen er den Dingen gegenüber neutral, in denen er träge oder abwartend gewesen war angesichts der Möglichkeit zu handeln oder auch nicht. Je mehr Intensität im Körper existierte, desto leichter war es, sich zu distanzieren, Augenzeuge seiner selbst zu werden. Die Schwierigkeiten einer individuellen Beobachtung, einer eigenständigen Existenz, traten also am deutlichsten zutage, wenn die Intensität der Gefühle gegen null ging. Wenn er sich dort – in der Existenz – bereits nicht mehr befand, wie sollte er sich da noch weiter distanzieren? Doch was war genau dieses Dort, dieser andere Ort, der manchmal sein Zentrum und dann wieder genau das Gegenteil zu sein schien? Die allgemeine Lage dieses Dort stand für Walser zweifelsfrei fest: Es war das Gehirn. Dort passierte alles, dort wurde alles, was passierte, beobachtet. Dort handelte er und dort sah er sich handeln. Wie jeder normale Verrückte, dachte Walser und lachte über die Formulierung.

Er war in der Tat ein unendlicher Mensch, ein gewöhnlicher Mensch; aber wie viele bedeutende Menschen mochte es geben? Wie viele bedeutende Menschen mochten in dieser zu Ende gehenden Ära existiert haben? Könnten wir sie überhaupt zählen? Reichte unsere Arithmetik aus, ihre Größe zu erkennen und zu messen? Wären es allesamt Menschen des öffentlichen Lebens, Menschen, die mit ihren individuellen Handlungen Katastrophen abgewehrt oder sie ausgelöst oder ihr Aufkommen beschleunigt hatten? Konnte es sein, dass ein bedeutender Mensch von seinem nächsten Nachbarn vielleicht nicht als solcher erkannt wurde? Ein unbekannter, anonymer bedeutender Mensch? Ein bedeutender Mensch, der Gärtner war?

Walser lächelte.

Was ihn irritierte, war die Tatsache, dass er, Joseph Walser, diesbezüglich keinerlei Bedürfnis verspürte. Er wollte nicht zu den bedeutenden Menschen gehören. Und das war ungewöhnlich, denn er spürte in den Menschen – in praktisch allen – eine geheime Neigung, eine stete Neigung, die sie mit einer ganz anderen Leidenschaft – wir wollen mal dieses Wort verwenden – zu Handlungen trieb, und seien diese auch noch so mittelmäßig, als zweifelten sie keine Minute lang an der Überzeugung, dass das ihnen zugedachte Schicksal früher oder später, für alle sichtbar – vom Nachbarn bis zum entferntesten Erdenbewohner – zutage treten würde, und dass es nur dieses eine Schicksal gab: ein bedeutender Mensch zu werden.

Während Walser auf der Straße voranschritt und Menschen begegnete, blickte er schüchtern in alle Gesichter und fragte sich: Kann es sein, dass dieser Mensch kein bedeutender Mensch werden will?

Und diese Frage kam ihm so merkwürdig vor und jede Antwort darauf so inakzeptabel wie die gegenteilige Frage: Kann es sein, dass dieser Mensch, der mir gerade auf der Straße begegnet, kann es sein, dass dieses vollkommen unförmige Gesicht, das ich nicht kenne, das keinerlei magische Züge, keine ungewöhnliche Kraft ausstrahlt, kann es sein, dass dieses Gesicht, das gleichsam der Abklatsch Tausender anderer Gesichter ist, dass dieses Gesicht, das unendlich ist, weil es so grotesk gewöhnlich ist, kann es sein, dass dieses Gesicht einen Menschen verbirgt, der bedeutend sein will und glaubt, dass das noch möglich ist?

2

Da erinnerte sich Walser an die Worte Klobers, jenes Mannes, der mit seiner, Walsers, Frau schlief und ihm gegenüber noch immer seelenruhig große Worte gebrauchte, als spräche er unentwegt zu einem Publikum. Was Klober über den Hass gesagt hatte, der für wahre Größe nötig sei, und über die Vereinzelung, die sie erforderte, erschien ihm nun falsch. Ein bedeutender Mensch oder zumindest einer, der als solcher gilt, will stets bewundert werden, und das heißt: Er ist nicht so stark, dass er sich nicht nach den Blicken der anderen sehnte. Wird er bewundert, dann deshalb, weil er sich danach gesehnt hat. Und Klober wollte ein bedeutender Mensch sein; wenn er immer wieder seine leidenschaftlichen Reden schwang, wollte er in der Tat bewundert werden. Er sprach zwar von der Erfordernis der stolzen Einsamkeit, doch sobald er diese Dinge aussprach, sobald er sich nicht darauf beschränkte, sie nur zu denken – sie in seinem privaten Kreislauf zu belassen und nicht zur Schau zu stellen –, sobald er sie öffentlich äußerte, widersprach er sich. Der Akt, diese Sätze zu äußern, widersprach dem, was darin ausgesagt wurde.

Erstmals irritierte Walser bei sich selbst ganz objektiv diese Gleichgültigkeit, ob er mit seinen Handlungen auf Beifall oder Ablehnung stieß. Tatsächlich musste er, wenn er wirklich realistisch war, zugeben, dass seine Handlungen bislang keinerlei Gepfeife, weder Beleidigung noch Beifall, ausgelöst hatten. Selbst wenn er getadelt oder sogar gedemütigt wurde, hatte Walser nie das Gefühl gehabt, dass sich ein Hass konkret gegen ihn richtete. Niemand hasste ihn. Und das konnte ihn beschämen oder – im Gegenteil – ihm ein höheres Maß an Sicherheit verschaffen. In bestimmten Zeiten, wie beispielsweise jener, in der sie gerade lebten, war der Gedanke beruhigend, dass sich in ebendiesem Augenblick niemand, an keinem Ort, an seinen Namen oder sein Gesicht erinnerte und beides hasste. Er hatte noch nie etwas getan, das selbst ein naives Kind als Bosheit bezeichnen würde. Er taugte nicht für Boshaftigkeiten, dachte Walser über sich, als wäre das eine genau definierte Unfähigkeit, vergleichbar einem nicht funktionierenden Mechanismus. Er wurde nicht gehasst und verspürte selbst niemandem gegenüber Hass. Wenn er handelte, blickte er nicht um sich und brauchte keine Bestätigung, ob seine Handlung gut oder schlecht ankam. Die Auswirkungen seiner Handlung waren ihm nicht wichtig.

Natürlich achtete er auf die unmittelbare Auswirkung seiner Bewegungen, das war schließlich sein konkretes Leben, wenn man so sagen will; oder anders, einfacher ausgedrückt: Würde er beschließen, sich von einem hohen Gebäude zu stürzen, dann wusste oder ahnte er, dass er sterben würde, also stürzte er sich nicht hinab. Diese Art von Überlegungen, und nur diese, knüpfte Walser an seine individuellen Handlungen: Was passiert mit mir, und nur mit mir, wenn ich etwas getan habe? Alles andere berührte ihn nicht: Ob die Gesamtheit seiner Bewegungen oder die Summe seiner Gesten – ein bestimmtes Verhalten also – bewundert oder abgelehnt wurde, war ihm egal.

Walser war klar geworden, dass jede Existenz aus einer Abfolge von auf Dinge und Mitmenschen gerichteten Verhaltensformen bestand, und dass diese Verhaltensformen, dieses Handeln – so barbarisch es auch wäre – objektiv betrachtet nichts weiter als eine Summe muskulär exakt definierter, in einem Anatomieatlas leicht zu findender Bewegungen war. Die Biografie eines Menschen war also im Grunde das, was seine Muskeln getan hatten.

Jedes individuelle Ereignis konnte so mit einer Summe von Gesten verglichen, aber nicht darauf reduziert werden – stand es doch für etwas Gleiches, Identisches und nicht für eine Verringerung, einen Verlust –, ähnlich einer Maschine, die, so komplex sie auch sein mochte und so erstaunlich ihre Aktionen waren, dennoch nur eine Summe von Einzelteilen war, die unter ganz bestimmten Umständen agierten. Er erachtete es nicht als gerechtfertigt, dass der Mensch, nur weil er über den Mechanismus seiner Existenz reflektieren konnte, sich deswegen brüsten durfte, etwas komplett anderes zu sein als eine Maschine. Sich von dem Mechanismus, der einen ausmacht, distanzieren zu können, bedeutete nicht, dass dieser Mechanismus nicht mehr existierte. Die menschliche Existenz war für Walser also eine einfache Summe. Es war das Pluszeichen, das in jedem Lebewesen dominierte, und der Tod war deswegen so enorm erschreckend, weil er die plötzliche Unterbrechung einer Gesamtsumme darstellte, die alle irgendwann für unendlich gehalten hatten. Als bezeichnete ein jeder seinen Körper irgendwann einmal anders, nämlich mit diesen Worten: eine unsterbliche Summe von Verhaltensformen. Es gab niemanden in diesem Jahrhundert, in dem mehrere Generationen gekommen und gegangen waren – nicht einmal mitten im Krieg, wo der Tod sichtbarer denn je war –, den der eigene Tod nicht überrascht hätte (dessen war sich Walser sicher). Wir werden immer davon überrascht! Als fühlten wir uns nach so vielen Tagen der Existenz im Recht, in dem Recht, nicht unterbrochen zu werden, in dem Recht, grundsätzlich einer anderen Spezies anzugehören, nämlich jener ewigen. Aber es handelt sich hier um eine individuelle Ewigkeit, um eine Ewigkeit mit unserem Namen, die sich in unsere Existenz einschreibt.

Da konnte Walser sich eines Stolzes nicht erwehren: Er, ja, er war ein bedeutender Mensch, ein Mensch, wie ihn Klober propagierte, ein Mensch, der es schaffte, von allen anderen getrennt zu sein, ein wahrhaft einzelgängerischer und individueller Mensch. Denn ausgerechnet seine Handlungen hatten anscheinend keine Verbindung zu den anderen Menschen, als existierten diese gar nicht. Sie waren getrennt: er und die anderen; seine Handlungen waren unabhängig, autonom, und darin lag seine Größe. Kurzum: In ihm, Walser, gab es also doch einen verallgemeinerten Hass, einen gezügelten, aber umfassenden Hass, einen Hass auf alle und auf jeden, mit dem seine Existenz in Berührung kam.

Er würde nie ein Herrscher sein; niemals würde seinetwegen die Geschichtsschreibung von einer brutalen Ausrottung berichten, denn er, Walser, hatte sich niemals jemandem angenähert. Noch war er nicht der wahre Mensch, wie Klober es nannte, jener Mensch, der sich dem anderen nur annähert, um zu töten; doch er verfügte bereits über etwas sehr Bedeutsames: Jede Annäherung an eine andere Existenz hatte, wenngleich es noch nicht um deren Auslöschung ging, bereits das Ziel – und das schon seit Langem –, nicht zu lieben. Ich kann mich ohne jede Unsicherheit annähern, dachte Walser, als ihm der Kuss wieder einfiel, den Clairie ihm gegeben hatte, ich kann mich jedem Menschen ohne Angst nähern, weil ich weiß, ich werde ihn nicht lieben. Ich bin schon darauf vorbereitet, niemanden zu lieben – und diesen für sich selbst ausgesprochenen Satz empfand er als seine große Waffe in Kriegszeiten, als Bollwerk gegen die Grausamkeit des Jahrhunderts. Er besaß nicht einmal eine Pistole, hatte jedoch die große Schwäche des Daseins ausgemerzt, hatte die Hauptschwäche seiner Spezies überwunden: Er verfügte über keinerlei Bedürfnis nach Liebe oder Freundschaft mehr! Und in diesem Augenblick, als er die Straße entlangging, wehrlos, und von oben auf seine alten braunen Schuhe blickte, unverantwortliche Schuhe, wie Klober gespottet hatte, in diesem Augenblick fühlte Walser sich so sicher – und gleichzeitig bedrohlich für die anderen –, als rückte er in einem Panzer vor.

Plötzlich jedoch sprang er zur Seite. Fast wäre er auf etwas Unförmiges getreten. Es war ein Mensch. Und er war tot.

KAPITEL XXII

1

Jemand hatte ihn absichtlich dort gelassen. Manchmal ließen die Militärs die Leichen von Guerilleros oder Verschwörern eine Weile – tagelang sogar – auf der Straße herumliegen, damit die Bevölkerung sie sah.

Der Leichnam lag mit dem Gesicht nach unten da, und das Blut auf dem Teer, neben dem Schädel, war bereits getrocknet. Er war genau dort, an dieser Stelle, getötet worden.

Keine Uniform: Er trug schwarze Hosen, der Gürtel war ebenfalls schwarz, das Hemd grau. Walser beugte sich leicht nach vorn, versuchte das Gesicht zu erkennen. Vielleicht war es ja jemand Bekanntes. Er neigte sich noch weiter vornüber: Nein, niemand Bekanntes. Es war ein Mann. »Einfach nur ein Mann«, murmelte er.

Er trug keine Schuhe. Bestimmt hatte sie schon jemand gestohlen. Das Leben geht weiter, das zeigte dieses absurde Fehlen der Schuhe. Jemand hatte den Leichnam bestohlen.

In diesem Augenblick verspürte Walser einen Stolz auf die Stadt, in der er lebte. Sie macht weiter, leistet Widerstand und überlebt. Sie ist intelligent, die Stadt, dachte er.

Es war ihm nicht peinlich; schon lange regten sich in Walser keine derartigen Schamgefühle mehr. Dort lag ein Leichnam, der keine Schuhe mehr brauchte: Jemand hatte sie mitgenommen; richtig so. Unvernünftig wäre es, sie dort zu lassen, die Schuhe, an den Füßen eines Toten. Eine intelligente Stadt, dachte er erneut.

Inzwischen kamen ein paar Menschen vorbei; einer davon trat näher und betrachtete den Leichnam. »Schon wieder einer«, murmelte er; Walser nickte, und der Mann ging weiter. Ein anderer kam ganz dicht heran, ging aber nicht langsamer, sagte nichts, behielt seinen Schritt bei.

Joseph Walser sah noch immer hin. Er betrachtete die Hände des Leichnams. Zuerst die linke, dann die rechte. Die Handflächen des Toten zeigten nach oben.

Unwillkürlich zählte Walser die Finger an jeder Hand. Fünf Finger. Vollkommene, vollständige Hände. Mehr noch: saubere Hände, ohne jeden Blut- oder Schmutzfleck. Sauber und normal. Die Hände eines Lebenden, könnte man fast sagen.

Er sah noch immer auf die vollkommen intakten Finger des Toten. Er lächelte, hatte Lust, laut zu einem der Organisatoren dieses stillen Spektakels zu sagen: Wie kommt es, dass der Mann tot ist, wenn seine Hände intakt sind? Wie kann er tot sein, wenn er fünf Finger an jeder Hand hat?

Er lächelte über dieses Absurdum. Eine obszöne Provokation seitens der Existenz und der Ereignisse: Der Leichnam hatte zwei vollkommene Hände!

Da ging ihm Folgendes durch den Kopf: Wie der Dieb, der die Schuhe gestohlen hatte, könnte er einfach die rechte Hand des Toten stehlen, sie mitnehmen und später gegen die eigene eintauschen. Wozu braucht er alle Finger, wenn er doch tot ist?

Er sah sich nach beiden Seiten um, als prüfte er, ob er beobachtet wurde, und spürte eine Sekunde lang, dass sein Vorhaben machbar war: Er würde die rechte Hand des Toten stehlen und flüchten.

Aber nein, das ging nicht; und Neid war in dieser Situation eine reine Gefühlsverschwendung. Dieser Mann war tot; er befand sich nicht mehr vor ihm, auch wenn er nur wenige Zentimeter von ihm entfernt war. »Er ist gegangen«, murmelte Walser.

Wie angemessen war doch dieses Wort, um von einem Toten zu sprechen: Er ist gegangen, ist von hier gegangen. Hat eine Reise angetreten. Aber wie kann jemand so Passives eine Reise antreten? Nach dem Tod tritt er eine Reise an; Walser versuchte zu lächeln.

Doch da blieb seine Aufmerksamkeit an einem Detail hängen: dem Gürtel. Der Leichnam lag auf dem Bauch, man sah ihn nur von hinten, aber der Gürtel hatte bestimmt eine Schnalle.

Walsers Überlegungen hatten bereits einen anderen Weg eingeschlagen, hatten sich normalisiert, wenn man das so sagen will. Der Schreck, auf offener Straße auf einen Leichnam zu stoßen, war vorbei. Sein Organismus war zur Normalität zurückgekehrt.

Die beobachteten Einzelheiten waren nun andere, seine Aufmerksamkeit hatte sich verlagert: Seine Sammlung enthielt kein einziges Stück von einem Leichnam, den er mit eigenen Augen gesehen hatte. Und da war er nun: der Leichnam. Mit einem Gürtel; und der hatte bestimmt eine metallene Schnalle. Walser überlegte, wie er den Gürtel stehlen konnte, dort, auf offener Straße.

Er sah sich um, niemand. In einer plötzlichen Anwandlung bückte er sich und drehte den Toten mühsam auf die rechte Seite; es war noch nicht genug, Walser strengte sich mehr an: Jetzt hatte er ihn gänzlich umgedreht. Das Gesicht war von einer Kugel zerstört worden, doch Walser sah kaum hin. Er erhob sich wieder, richtete sich auf, blickte um sich. In der Ferne näherte sich jemand. Walser blieb stehen.

Der Leichnam lag nun mit dem Gesicht nach oben. An einer Seite war es entstellt, doch trug es noch immer individuelle Züge. Walser betrachtete das Antlitz des Toten. Ein unbekannter Mann.

In der Zwischenzeit war die Person, die er in der Ferne erblickt hatte, näher gekommen.

»Das nimmt kein Ende«, sagte der Mann.

Walser antwortete nicht, und der Mann beugte sich hinab, um das Gesicht des Leichnams näher zu betrachten.

»Eine Kugel«, sagte er. »Kennen Sie ihn?«

Walser verneinte.

»Darf ich Sie um einen Gefallen bitten?«, fragte Walser unvermittelt. »Es geht um den Gürtel. Helfen Sie mir?«

»Das ist Diebstahl«, sagte der Mann. »Ich bin Soldat.«

Walser erschrak.

»Der Mann ist tot«, sagte er.

»Trotzdem. Es ist Diebstahl von Eigentum.«

Die beiden waren allein. Sie schwiegen ein paar Sekunden.

»Keine Angst. Ich helfe Ihnen«, sagte der Mann schließlich.

»Wir müssen nur den Oberkörper hochheben«, murmelte Walser.

Walser kniete nieder und öffnete die Schnalle. Der andere Mann beugte sich ebenfalls über den Leichnam und hob den Oberkörper ein paar Zentimeter hoch, damit Joseph den Gürtel aus den Schlaufen ziehen konnte. Doch dann ließ der Mann den Körper unvermittelt fallen.

»Er ist schwer.«

Sie standen auf; es kam jemand.

2

Es war eine Frau. Sie kam nicht einmal näher. Im Gegenteil: Sie eilte davon.

Die beiden bückten sich erneut, und der Mann hob den Oberkörper des Leichnams hoch. Walser zerrte an dem Gürtel und zog ihn schließlich aus der Hose. Der Mann legte den Oberkörper ab. »Er ist schwer«, sagte er noch einmal und schüttelte seine Hände aus.

Walser dankte ihm und rollte den Gürtel ein.

»Wie heißen Sie?«

»Joseph Walser«, antwortete er verschämt.

»Hinnerk Obst«, stellte der andere sich vor.

Die beiden Männer reichten einander die Hand.

KAPITEL XXIII

1

Seit einigen Tagen spürte Joseph Walser an seiner Frau etwas Merkwürdiges. Sie sprachen wenig, ihre Kommunikation war stets schwierig gewesen – keiner von ihnen war gesprächig, und was hätte man auch ständig sagen sollen? In den letzten drei Tagen war es jedoch schlimmer geworden. Seither hatte Margha höchstens das eine oder andere »Ja« gesagt, mit leiser Stimme, als Antwort auf eine konkrete Frage.

Joseph hingegen war schon seit Stunden in seinem Arbeitszimmer eingeschlossen, aufgeregt. Er hatte die Schnalle vom Gürtel getrennt, Letzteren in den Abfall geworfen, hatte in dem Heft eine Zeichnung von dem Metallteil angefertigt und sämtliche Maße notiert. In die Spalte zum Fundort hatte Walser geschrieben: Rua Dokrement Blukn; in die zur Uhrzeit hatte er geschrieben: neunzehn Uhr dreißig, in die zur Funktion: zu einem schwarzen Ledergürtel gehörige Schnalle (öffnen, schließen); und in die zu Weitere Besonderheiten hatte er mit einem gewissen Stolz geschrieben: vom Körper eines Leichnams entfernt, mithilfe von Herrn Hinnerk Obst.

Joseph Walser sperrte die Tür seines Arbeitszimmers wie üblich von außen ab und betrat das Wohnzimmer: Margha weinte.

»Was ist los?«

Margha wischte sich die Tränen ab; und nach einem kurzen Schweigen flüsterte sie: »Es ist wegen Klober. Er sagt, er will mich nicht mehr.«

TEIL III

KAPITEL XXIV

1

Die Fundamente eines jeden Ereignisses sind fragil, selbst die des Krieges. Keine Tatsache ist so rein, dass sie endgültig wäre oder die Geschichte beschließen würde; das Unbestimmte erfasst bereits das, was fest verankert wirkt: Es rüttelt zunächst an dem unsichtbaren Sockel, der die bedeutsamen Augenblicke stützt, doch bald schon schleichen sich Anzeichen für eine Veränderung in die materielle Welt ein.

Im Laufe der Wochen wurde deutlich, dass der Krieg unterbrochen werden musste. Es gab so etwas wie eine Sättigung, wir wollen es obszön eine ästhetische Übersättigung nennen: Wie die Stadt zerfiel, war zunächst irritierend anzusehen und wurde bald schon unerträglich. Es handelte sich also weniger um ein moralisches oder von starken Gefühlen geprägtes Aufbegehren, sondern vielmehr um eine Ermüdung des Blicks: Die Bilder wiederholten sich zu oft; die angstvolle Erregung angesichts eines Leichnams war verschwunden, die explizite Gewalt stand nicht mehr im Mittelpunkt des Erzählens, sondern wurde auf objektive, neutrale Weise in das Berichtete eingefügt. Die vor einem Leichnam ausgesprochenen Worte »Schon wieder einer« wirkten inzwischen grausamer als die Materie an sich, die dort lag, eine Materie, die bereits nichts Menschliches mehr an sich hatte, weil sie auf dieselbe unmittelbare, mysteriöse Art verschwunden war wie sie einst, am Tag ihrer Geburt, in der Familie aufgetaucht war. Die Kriegslust wurde Tag für Tag mit dieser rein verbalen, nur in der Welt der Sprache existierenden Formel zunichtegemacht, die keine sichtbaren Bezüge zur Welt der Dinge hatte, mit jenem »Schon wieder einer«. Es war dieses »Schon wieder einer«, das dem Krieg ein Ende setzte. Denn der Krieg war seit Monaten gleich, dieses Gefühl, alles schon einmal gesehen zu haben, beherrschte inzwischen sogar die unbedarftesten und beschränktesten Menschen.

Als der Krieg aufgekommen war, hatte er sich schnell zum einzigen Gesprächsthema entwickelt und sämtliche Arten der menschlichen Erregung erfasst, die es in den Städten gab, und selbst die intime, private Erregung zwischen einem Mann und seiner Frau wurde beherrscht von dieser weltweiten Erregung, von dieser Erregung des ganzen Landes. Und deshalb war der Krieg als reizvolle Überraschung aufgenommen worden, man kann es nicht anders nennen, als etwas, das zwar Angst und offensichtliches Leid brachte, doch in Wahrheit erwartete man, dass diese stets unerheblich, stets fernblieben. Und außerdem befriedigte man damit das Grundbedürfnis des Menschen: nach Intensität. Alles war intensiv geworden, vom einfachen Blick auf die Landkarte – wenn man sah, wo die Militärs vordrangen – bis zu den Straßen der Stadt, den Geschäften, den eigenen Häusern, den Küchenutensilien: Alles, vom Umfassendsten bis zum Allerwinzigsten, vom öffentlichsten Park bis zum privatesten Sitzplatz, alles war intensiv geworden.

Selbst ein einfaches Küchenmesser verfügte plötzlich über diese Intensität. Griff jemand zu Beginn des

Krieges friedlich nach einem Haushaltsmesser, wurden augenblicklich Kräfte freigesetzt, die, indem sie diesem so simplen Akt Gewicht verliehen, die monotone oder kleinbürgerliche Existenz auf brutale Weise erweiterten. Doch durch die Wiederholung schwand nach und nach die Erregung – ähnlich wie bei Büchern oder Filmen, die man schon mehrmals gelesen oder gesehen hat. Wie erneut Spannung empfinden, wenn man die erste Seite zum x-ten Male aufschlägt? Das, was in der Stadt, auf den Straßen, in den Häusern, im ganzen Land und bei den Küchenmessern passierte, ähnelte dieser ästhetischen Ermüdung, war ihr sogar zum Verwechseln ähnlich. Der Krieg begann die Menschen anzuöden; zuerst die am wenigsten Involvierten, jene, die weniger zu gewinnen oder zu verlieren hatten, und schließlich, ganz allmählich, sogar jene, die seinem Zentrum am nächsten, die stärker und daher ambitionierter waren. Auch wenn er vielleicht als letzte Eigenschaft erlahmte, wurde doch auch der Ehrgeiz als öde empfunden und ab einem bestimmten Augenblick als Wiederholung betrachtet: Ich will mehr, noch mal. Und als die Öde schließlich die Stärksten erfasst hatte, jene, die am meisten zu gewinnen oder zu verlieren hatten, nahte bereits das Ende dessen, was sich schon viel zu lange wiederholt hatte. Ein Anzeichen nahm nach und nach Form an und näherte sich dem Sichtbaren, strebte danach, sich auf der Erde zu materialisieren. Das Ende des Krieges nahte.

2

Die unruhige, unvorhersehbare Gewalt hatte die Menschen im Laufe der Jahre geschwächt. Einfache, fast banale Bedürfnisse nahmen immer größeren Raum ein. Margha Walser erinnerte ihren Ehemann immer öfter an die beschaulichen Spaziergänge, die sie früher im Stadtpark unternommen hatten.

Menschen erinnerten sich an den Himmel ohne Lärm, ohne Flugzeuge. Und dann gab es noch die Erinnerung an etwas, das völlig verschwunden war, zumindest im öffentlichen Teil der Stadt: das Nichtstun. Wie lange schon hatten Männer und Frauen nicht mehr das Recht auf Nichtstun, auf Augenblicke ohne sinnvolles Tun, und mehr noch: auf Augenblicke ohne Bedeutung?

In Kriegszeiten war nämlich in den Handlungen eine Sinnhaftigkeit entflammt, wie es hieß, eine Art Ansteckung, die schnell von einem Körper auf den anderen übergriff, von den Männern auf die Frauen, von den Frauen auf die Kinder, auf die Alten, die Behinderten: Jede Aktion wurde bedeutungsvoll: Was bezweckst du damit? Was hast du vor? Wohin gehst du?

Das Nichtstun oder auch der Akt des Nichthandelns, war in Kriegszeiten entweder eine Obszönität – ein Mangel an Respekt gegenüber denen, die an der Schwelle des Todes oder des Tötens standen (man senkte gleichermaßen den Blick vor den Opfern wie vor den Mördern) –

oder aber ein Ausdruck von Verrücktheit, eine Distanzierung in Bezug auf die neue Normalität.

Handeln im Bewusstsein der Wichtigkeit des eigenen Tuns war in Kriegszeiten Normalität, und das Nichtstun war das Gegenteil davon. Jemanden zu sehen, der nichts tat und nichts tun wollte, hätte ein solches Befremden und vermutlich auch einen solchen Widerwillen ausgelöst, als sähe man im Frühjahr mitten im Park einen Verrückten schnelle, hektische Bewegungen vollführen: Blumen ausrupfen, Beete niedertrampeln und mit den Fingern Löcher in den Boden graben. In Zeiten großer Intensität galt jemand, der nicht wusste, worauf er zusteuerte oder wozu er das tat, was er gerade tat, als verrückt, weil er die Ereignisse einfach abstrahierte. Sich in Kriegszeiten – dem absoluten Moment des Konkreten, der Materie und der aufeinanderprallenden, widerstreitenden Kräfte – in die abstrakte Welt zu versenken, war die gewaltsamste aller Handlungen. Vielleicht sogar die unmoralischste.

Klober hatte Walser übrigens schon einmal diese Frage gestellt: »Was ist in der heutigen Zeit unmoralischer: töten oder Geometrie lernen?« Und Walser hatte ihm nie darauf antworten können.

KAPITEL XXV

1

Der Krieg ist vorbei! Die Zeitung bringt die definitive Nachricht. Die Leute feiern, umarmen sich in den Familien, zu Hause. Auf der Straße ist der Händedruck kräftiger, stärker; Freundschaften werden wiederaufgenommen, die Blicke werden im Durchschnitt um ein paar Zentimeter angehoben: Die Menschen betrachten bereits die obere Hälfte des Gesichts ihres Gegenübers; es gibt so etwas wie einen stillschweigenden Neubeginn bei allen zwischenmenschlichen Beziehungen. Niemand spricht es direkt aus, es besteht eine gewisse Scham, weil Freunde sich so lange nicht gesprochen haben, doch der Händedruck zwischen zwei Männern bewirkt das, was Ingenieure bei zerstörten Häusern erst nach Monaten schaffen: Gefühle sind also trotz allem Substanzen, die leichter und schneller erneuert werden können als Stein, Ziegel oder Zement.

Innerhalb weniger Tage werden alte Bräuche wiederaufgenommen. Der Metzger öffnet früher; ein dicker Mann zerlegt das Fleisch mit neuer Brutalität. Auf den Märkten tauchen Früchte auf, die man lange nicht gesehen hat, Geld ist wieder im Umlauf, fast scheint es, als hätte jemand es nach dem Ende des Krieges verteilt.

Eine neue Aufregung herrscht auf den Straßen, eine neue Kraft, ein neues Bedürfnis, etwas zu tun, zu handeln, ganz ähnlich dem, was man in den ersten Kriegswochen erlebt hat. Die Richtung mag zwar die gegenteilige sein, doch die Grundenergie ist die gleiche: Durch Veränderungen, und nur durch Veränderungen werden Organismen belebt.

Joseph Walser ist aufgeregt wie alle Bewohner der Stadt; er rennt nicht durch die Straßen wie manche Kinder, doch er schreitet schnell voran, mit kräftigen, entschlossenen Schritten. Er wirkt nicht wie Joseph Walser.

»Es ist vorbei«, murmelte er mehrmals täglich und mehrere Tage hintereinander, ohne dessen müde zu werden, da er es noch nicht als Wiederholung empfand, sondern als etwas Überraschendes; er wiederholte: »Es ist vorbei, und ich lebe!« Als würde am Leben zu sein merkwürdigerweise das Ende von etwas bedeuten.

Seine Frau Margha sagte an einem dieser Nachmittage, nachdem sie ihn geküsst hatte: »Wir haben es geschafft, Joseph!«

KAPITEL XXVI

1

Clairies Hände rückten zum dritten Mal die kleinen Gegenstände auf dem Tisch zurecht. Sie verschob sie leicht zur einen oder zur anderen Seite, ein paar Zentimeter nur. Dann stellte sie sich wieder vor den Spiegel. Aufmerksam betrachtete sie ihr Gesicht: die Lippen, die Augen, die Nase, das Haar. Sie zupfte an ihrem Ausschnitt und suchte nach einem Sitz, der ambivalent oder nachlässig wirkte und einerseits etwas zur Schau stellte, andererseits aber auch nicht zu viel. Sie wusste, ihr Busen erweckte das meiste Interesse an ihrem Körper. Sie öffnete einen Knopf und schloss ihn wieder, zog die Bluse nach unten, zu den Seiten, suchte die perfekte Harmonie zwischen Kleidungsstück und Busen.

An diesem Sonntag verhielt sich die Sonne überraschend. Seit dem Morgen schon verhieß das helle Licht einen wärmeren Tag als vorausgesagt. Das hatte Clairie fröhlich gestimmt. Die Sonne tat allen gut, und am Spätnachmittag erwartete sie endlich Walser zu Besuch.

Unterdessen war sie ins Schlafzimmer zurückgegangen und hatte erneut die Laken glatt gestrichen. Ihr Körper wurde erfasst von einem nutzvollen Eifer; sie kann es nicht lassen: sie räumt auf, putzt, glättet und kehrt dann zurück zum Spiegel.

2

Im Park indes geht man einher, doch auf müßige Weise, als wären die Körper Materie zum Verdampfen. Das Nichtstun hat sich breitgemacht. Es ist Sonntag, und der Himmel begeht keine Fehler. Nicht eine Wolke.

Vage Freundschaften führen zu festen Umarmungen, plötzlich werden Hände gedrückt. Der Wind fegt nichts weg: Er kommt von oben, berührt die Menschen sanft im Gesicht, zieht weiter. Nur eine Frau, stumm und unbeweglich, kann ihn verstehen: den Übergangswind.

Der Park gebietet den Schuhen Einhalt, doch vier Kinder werden unzählbar auf dem Rasen, weil sie nicht stillhalten und schwer zu greifen sind. Sie spielen, und jedes Staunen wird abgelöst von einem noch größeren Staunen, oder sie versuchen zumindest, sich anders zu geben als die Erwachsenen.

»Wenn du einen Körper siehst, der ständig seine Lage verändert, hast du es mit einem Kind zu tun«, sagt jemand. Eine Definition von Kindheit, die er gibt, während er in seine Taschen fasst und nach einer Visitenkarte mit seinem Namen sucht.

Es ist Sonntag, doch bestimmte angenehme Kontakte können auch für den Beruf nützlich sein. Nicht alles, was am Sonntag dringend ist, ist auch an Wochentagen dringend, aber manchmal gibt es Überschneidungen, bedeutsame Zufälle.

Die Stadt ist eine einzige dickflüssige Freude, eine Art kontrollierter Jubel, der sich schichtweise verstärkt, eine Schicht über die andere.

Außerhalb des Parks macht die Stadt weiter mit ihrer der Güte zugeneigten Erinnerung. Es wird nur gelächelt, man spricht nicht von der Vergangenheit.

Die wichtigen Familien ändern ihre Route, damit sie einander begegnen.

3

Gut ein Monat ist seit dem Ende des Krieges vergangen: Joseph Walser schiebt seine Schuhe mit dem Fuß beiseite. Er steht nackt vor Clairie.

Clairie war dicker geworden, in letzter Zeit sogar noch mehr, doch sie erregte Walser noch immer. Nach kleinen Vorstößen und Rückzügen war Walser nun bei Clairie zu Hause, nackt, und stellte den steifen Penis zur Schau. Die Lichter waren auf ihren Wunsch hin gelöscht worden. Clairie nahm Josephs Penis und bearbeitete ihn mit energischen Bewegungen. Joseph hatte sie bereits entkleidet und drückte nun kräftig ihre üppigen, auf ihren Bauch herabfallenden Brüste. Josephs Finger kreisten einer nach dem anderen um die dicken Brüste, und manchmal packten sie zu, drückten kraftvoll das Fleisch dieser Frau. Walsers Penis war bereits vergraben, verschwunden zwischen üppigem Schamhaar, drang kraftvoll in die Scheide ein und tauchte wieder auf; seine Hände umfassten Clairies dicke Schenkel und drückten seitlich auf ihre Pobacken. Walser konzentrierte sich auf das Rein und Raus seines Penis' und packte in seiner zunehmenden Erregung gerade Clairies Haare, als er plötzlich spürte, wie er energisch weggeschoben wurde. Clairie schob ihn weg!

»Hören Sie bitte auf!«, sagte sie. »Und machen Sie das Licht an.«

Walser hielt inne.

»Entschuldigen Sie, Herr Walser«, sagte Clairie. »Es ist wegen Ihres Fingers. Ich kann ihn einfach nicht vergessen!«

KAPITEL XXVII

1

Zeit war vergangen.

Vor zwei Tagen hatte Walser eine merkwürdige Aufforderung Klobers erhalten, in die Fabrik zu kommen.

Es war ein Sonntagnachmittag, er hatte Clairie versprochen vorbeizukommen, und seine Frau, Margha, erwartete ihn ebenfalls zu einem Spaziergang. Der Tag war perfekt. Die Fabrik leer.

Er trat durch das Portal, überquerte einen kleinen Hof, stieg eine Außentreppe hinauf und dann, bereits in einem der Fabrikgebäude – jenem Gebäude, in dem er in den Jahren vor dem Unfall an der Maschine gearbeitet hatte –, wieder einige Stufen hinab. Ein Gefühl von Verwirrung und eine gewisse Angst überkamen Walser: Er hörte unter sich den Lärm der laufenden Maschinen. Wie war das möglich? Es war Sonntag, niemand arbeitete, die Fabrik wirkte leer.

Das Arbeitszimmer des Vorarbeiters Klober. Genau wie immer. Die Tür angelehnt. Er trat ein.

»Mein lieber Walser, wie schön, Sie zu sehen.«

Klober reichte Walser die rechte Hand, und der gab ihm ebenfalls die rechte.

»Verstehen Sie mich nicht falsch: Aber ich hatte solche Sehnsucht danach, Ihre Hand zu spüren! Dieses kleine Kitzeln, das der fehlende Finger verursacht. Mein Lieber, lassen Sie es mich gleich sagen, lassen Sie es mich wiederholen: Ich hatte Sehnsucht nach Ihrer Hand!

Sie haben uns verlassen, wissen Sie das, lieber Joseph Walser? Sie sind an einen anderen Ort gegangen und haben uns hier allein zurückgelassen, mit den Maschinen. Haben Sie es schon bemerkt: Hören Sie es? Sie arbeiten. Richtig. Sie arbeiten am Sonntag. Alle. Ich habe sie angestellt, ist das nicht außergewöhnlich? Die Motoren arbeiten am Sonntag.

Aber ich habe Sie nicht kommen lassen, um mit Ihnen über die Untätigkeit bestimmter Mechanismen zu sprechen. Lieber Walser, wollen Sie sich nicht setzen? Nein? Na schön, mein Lieber, dann eben im Stehen, richtig so, das imponiert mehr. Also, lieber Walser, ich würde als Erstes gern die Tür schließen, es wäre unangenehm, wenn wir gestört würden, und man weiß ja nie, was an einem Sonntag so passiert. Ich werde sie abschließen, wenn Sie erlauben, dann sind wir sicherer. Hier ist der Schlüssel, keine Sorge, ich lege ihn direkt neben Sie, sehen Sie? In Ihre Reichweite. Wunderbar.

Lieber Walser, Sie sind bestimmt verschreckt, ich kenne Sie. Sie sind kein Mensch, den man als übermäßig mutig bezeichnen könnte. Kein Übermaß befällt Sie je, wenn ich das so sagen darf. Sie sind das, was man einen besonnenen Menschen nennt, mein Freund Joseph, und ich bewundere Sie dafür. Sie wissen Ihre Energie zu dosieren, wussten dies stets. Vielleicht besser als jede Maschine. Sie verlieren keine Zeit, mein Lieber, haben das, was man ›Instinkt der Nützlichkeit‹ nennen könnte, einen Instinkt, der es Ihnen erlaubt, sich von dieser Verschwendung, vom Exzess fernzuhalten. Sie sind ein genauer Mensch, Walser, und betrachten Sie diese kleine Einführung als emotionale Schwäche Ihres Freundes: Ich freue mich wirklich, Sie wiederzusehen. Wieder mit Ihnen zu reden, ganz in Ruhe, ohne Eile. Sie sind ein Mensch, der zuhört, Joseph Walser, und es ist kein Zufall, dass die Frauen Sie als guten Gefährten schätzen.

Doch ich sehe, Sie haben Angst. Was für ein Unsinn, sind wir Freunde oder nicht? Und seit wie vielen Jahren schon? Seit vielen, zu vielen Jahren, würde ich sagen, denn das zeigt ein eindeutiges beiderseitiges Altern. Doch das Erstaunliche ist, dass ich Sie anblicke und immer noch denselben jungen Mann sehe, der einst an diesen Maschinen zu arbeiten anfing. Ein guter Arbeiter. Hören Sie das Geräusch. Hören Sie!

Fabelhaft, nicht wahr? Die Maschinen. Nun denn, hören Sie genau hin. Und sagen Sie mir, ob Sie herausfinden können, welches das Geräusch Ihrer Maschine ist. Können Sie das? Es sind viele, ich weiß, und sie arbeiten alle, alleine, was absurd ist, aber na ja, heute ist Sonntag, da wird alles geduldet, und wir haben doch schon seit Jahren diesen Frieden, wir brauchen eine gewisse Freude, brauchen etwas Neues, etwas Überraschendes. Aber hören Sie zu. Versuchen Sie nun, Ihre Maschine ausfindig zu machen. Erinnern Sie sich an sie? Sie hat Ihnen den Finger geraubt, damals eine Tragödie, das weiß ich noch gut, aber sehen Sie doch, wie es Ihnen heute geht. Sie machen weiter, schreiten voran, verstehen Sie? Ich blicke Sie an und sehe immer noch diesen jungen Mann, die gleiche Umsicht und Genauigkeit. Und immer noch ein guter Zuhörer. Wie gut Sie doch den Menschen zuhören! Lieber Walser, Sie müssten ausgezeichnet werden, nur dafür, dass Sie den Menschen so gut zuhören. Ich weiß, Sie waren nicht im Krieg, und Sie haben gut daran getan, sich davon fernzuhalten, so wie ich auch, das sei hier gesagt. Derlei Angelegenheiten sind nichts für Menschen wie uns. Ich weiß, dass Sie sich von den Waffen ferngehalten haben, dass Sie nicht gerade ein Held sind, aber wenn es nach mir ginge, würde das Land Sie schon morgen auszeichnen. Sie hören den Menschen zu. Und das ist selten. Aber hören Sie auch den Maschinen zu, strengen Sie sich an. Versuchen Sie, ihnen so gut zuzuhören, wie Sie mir gerade zuhören; versuchen Sie, die Geräusche, die sie machen, voneinander zu trennen und separat zu benennen, und versuchen Sie, diesen Geräuschen einen Sinn zu verleihen, einen exakten Sinn, so wie Sie ihn meinen Worten verleihen. Strengen Sie Ihre Ohren an, Walser, es ist Zeit, dass Sie lernen, den Maschinen zuzuhören.

Aber ich habe Sie nicht an einem Sonntagnachmittag, einem Sonnentag, hierherbestellt, an dem Sie, wie alle anderen aus der Stadt, mit Ihrer Frau im Park spazieren gehen sollten, mit Ihrer erstaunlichen, starken Frau, Ihrer treuen Frau, und das sage ich ohne jede Ironie, ich weiß, wovon ich rede, sie wird Sie nie verlassen; aber ich sagte, ich habe Sie nicht hierherbestellt, habe Ihnen nicht die Sonne und den Park vorenthalten, um über Maschinen zu reden; lieber Freund, ich habe Sie kommen lassen, weil ich mit Ihnen über mich selbst sprechen will: über Klober, einen einfachen Bewohner dieser Stadt, Vorarbeiter einer Abteilung in einer der Fabriken des Imperiums Leo Vasts, das heute von einer schönen Frau geleitet wird, über die man sich erschreckende, aber auch wundersame Dinge erzählt, so wie es sich für den Lebenslauf der Mächtigen gehört. Wir hingegen, mein lieber Walser, befinden uns in einer anderen Etage. Wir sind unten. Das hier ist mein Büro. Seit wie vielen Jahren schon? Fünfzehn, zwanzig? Man hat mich immer wieder nach unten geschubst, in die Nähe der Maschinen; damit ich nicht die Hitze der laufenden Motoren vergesse. Wissen Sie, dass ich die Witwe von Herrn Leo Vast noch kein einziges Mal gesehen habe? Kein einziges Mal. Und unter uns gesagt: Es heißt, es lohnt sich. Aber was sollen wir machen, Sie, mein Freund, und ich? Wir sind hier unten. Wollen wir uns vergnügen, dann gehen wir zu den Prostituierten. Sie, lieber Walser, haben da mehr Glück, Sie schlafen manchmal mit dieser armen Clairie, die Woche für Woche dicker wird: Sie haben in der Tat gut gewählt. Ich sehe, die fülligen Frauen gefallen Ihnen, und ich kann Ihnen nur recht geben. Es sind die, die die Männer am meisten schätzen, sind die, die sich am meisten an die Männer klammern. Das Leben ist tragisch, mein Lieber, das Leben ist absolut körperlich, verstehen Sie?

Wenn man eine Behinderung hat wie Sie, mein Freund, oder wenn man dickleibig ist, dann versteht man, dass das Leben vollkommen körperlich ist und dass es nichts anderes gibt. Dass es so etwas wie diese Sache des Geistes nicht gibt, Joseph. Unter den Lebenden gibt es keinen Hauch von Geist: Die dickleibigen Frauen klammern sich an die Männer und lassen sie nicht mehr los; schließlich wissen sie, dass sie vermutlich keinen anderen finden werden, und sie hassen diese Aussicht, keinen anderen zu finden. Clairie klammert sich nicht deshalb an Sie, mein lieber Walser, weil sie Sie heftig liebt, sie klammert sich an Sie, weil sie es hassen würde, allein zu sein.

Wie sind Sie zu einer solchen Witwe gekommen, mein Freund Walser? Es kann nur von Ihnen ausgegangen sein. Wissen Sie, wie sie hier in der Fabrik genannt wird? Einfach nur: die ›dumme Dicke‹. Ist das nicht ausgezeichnet, als Resümee, als Syntheseformel: die ›dumme Dicke‹? Behalten Sie diese Clairie, Walser. Sie haben einen Schatz gefunden. Ich habe nie eine idiotischere Frau gesehen: die ›dumme Dicke‹. Machen Sie mit ihr, was Sie wollen. Probieren Sie ungewöhnliche Dinge mit ihr aus, mein Freund, das rate ich Ihnen dringendst. Sie wird vielleicht protestieren, aber gehen Sie nicht darauf ein, Frauen dieses Kalibers tun nur so, als seien sie gekränkt. Das ist ein Überlebensinstinkt: so zu tun, als sei man gekränkt. Verweigern können sie sich nicht.

Aber ich möchte Ihnen etwas zeigen. Ich habe es hier in der Schublade. Sehen Sie: hübsch, nicht wahr? Eine Waffe. Sie ist geladen.

Ich will über mich reden, mein Lieber, das sagte ich bereits, deswegen habe ich Sie kommen lassen, um über mich zu reden; und weil Sie ein guter Zuhörer sind. Nun denn, ich habe hier also einen Gegenstand, den ich brauche, um über mich zu reden: eine Pistole, eine ausgezeichnete Pistole, eine aktuelle Pistole, eine geladene Pistole, eine Pistole, die hier drin zwei Tode birgt. Das ist nur ein Bild, erschrecken Sie nicht, sie birgt zwei Tode in sich, weil sie zwei Kugeln enthält: eine für Sie und eine für mich, wenn wir eine Rechnung aufstellen wollten. Aber erschrecken Sie nicht, seien Sie jetzt nicht albern; ich gebrauche nur ein Bild.

Sind Sie erschrocken? Ach, mein lieber Freund, das war doch nur ein Schuss. Erzählen Sie mir nicht, Sie würden das Geräusch nicht kennen. Nach so vielen Kriegsjahren erschreckt dieses Geräusch Sie immer noch? Das ist außergewöhnlich. Sie verblüffen mich, mein lieber Walser, Sie verblüffen mich immer wieder. Sie gehen mit einer absolut sensationellen Naivität an die Dinge heran. Für Sie ist alles neu. Sie sind aus anderem Holz geschnitzt, stammen aus einer anderen Welt, aus einem anderen Jahrhundert. Nun denn, mein Lieber, Sie sollen wissen, dass ich nicht so bin. Sie sollen wissen, dass ich im Gegensatz zu Ihnen schon öfter daran gedacht habe, mir eine Kugel in den Kopf zu jagen. Hätten Sie das gedacht? Vorarbeiter Klober, Vorarbeiter Klober hat das Bedürfnis, sich eine Kugel in den Kopf zu jagen. Wie absurd, werden Sie mit Ihrer ungeheuren Unbedarftheit sagen. Aber so ist es: Es vergeht kein Tag, an dem ich nicht daran denke, mir eine Kugel in den Kopf zu jagen. Von einer Seite zur anderen: eine Kugel in den eigenen Kopf.

Doch lassen Sie uns sehen, Sie brauchen sich meinetwegen nicht zu erschrecken. Ich habe noch nichts beschlossen, bin vielmehr hier, um mit Ihnen zu reden, weil ich wirklich noch nichts entschieden habe. Deshalb habe ich Sie kommen lassen, ich weiß, Sie sind ein guter Zuhörer, ein außergewöhnlicher Zuhörer, und da ich das weiß, würde ich auch nicht den Fehler begehen, Sie an einem sonnigen Sonntag hierher zu bitten, Sie zwingen, Ihre treue Gattin allein zu lassen, Ihre schöne Geliebte, also zwei Frauen an einem Sonntag einsam zurückzulassen, an einem Tag, der äußerst wichtig ist für den Hass, an einem Tag, an dem der Hass dringend Parks und Schönwetter, müßige Spaziergänge braucht. Darum geht es also: Ich würde Ihnen nicht das Glück rauben, das dort draußen herrscht, nur um Sie an meinem Selbstmord teilhaben zu lassen. Es wäre eine Beleidigung Ihrer großen Qualität als Zuhörer, wenn ich Sie nur zum Zusehen kommen lassen würde. Daher sage ich Ihnen jetzt gleich etwas, das Ihnen Ihre Sorgen um meinen Gesundheitszustand nehmen wird. Also, diese Waffe enthält inzwischen nur noch eine Kugel, die andere wurde vergeudet, könnte man meinen; ich habe danebengeschossen; habe versagt, mein Lieber. Habe jetzt nur noch eine einzige Kugel in dieser Pistole: Sie reicht nicht für zwei, das lässt sich leicht ausrechnen, die Wahrscheinlichkeit, dass einer von uns hier in diesem Raum stirbt, hat sich also drastisch verringert. Aber ich beteilige Sie an diesem Spiel, Freund Walser, auch wenn es vielleicht zu früh ist.

Dennoch, ich will, dass Sie das kapieren: Der Krieg ist seit geraumer Zeit vorbei; also, mein lieber Walser, vor Ihnen steht ein Mensch, der niemals jemanden getötet hat. Glauben Sie das? Glauben Sie es, bitte, ich ersuche Sie darum. Wir sind hier eingeschlossen, niemand ist in der Nähe, die Maschinen arbeiten, und ich würde Sie doch in einer so wichtigen Angelegenheit niemals belügen: Ich habe zwar den einen oder anderen Menschen verraten – ich weiß, ein paar davon sind womöglich aufgrund meiner Beteiligung oder zumindest aufgrund meines plötzlichen Gedächtnisschwundes erschossen worden, aber wer hat das nicht getan? Und Sie, Joseph, wissen genau, wovon ich rede. Obwohl Sie sich von diesen Dingen ferngehalten haben, haben Sie in dieser Hinsicht auch ein bisschen was vorzuweisen, seien Sie jetzt nicht bescheiden. Aber ich sagte: Ich habe niemals einen Menschen getötet. Ich habe niemals eine Waffe auf jemanden gerichtet. Ich empfinde sogar einen gewissen Ekel vor der körperlichen Substanz des Menschen, muss ich gestehen. Die menschliche Substanz ist für mich zu unerklärlich und deshalb, ich wiederhole, empfinde ich unweigerlich einen gewissen Ekel vor den Menschen. Nichts Übermäßiges, klar: Hier stehe ich, habe bis heute kein Blutsverbrechen verübt, habe immer noch meine Stelle, bin immer noch Vorarbeiter Klober.

Doch die Stunde rückt näher. Aus mehreren Gründen bitte ich Sie nicht, auf mich zu schießen. Sie sind ein Mensch des Friedens, ohne Zweifel; Sie zum Schießen zu zwingen, wäre ein Gewaltakt. Auch Ihre Hände machen mir Sorgen. Seien wir ehrlich: Sie sind ein behinderter Mensch. Sie haben eine groteske Hand: ohne Zeigefinger und mit einer unförmigen Schwellung an der Handfläche. Ich muss gestehen, als ich Ihnen das erste Mal nach dem Unfall die Hand drückte, habe ich eine Gänsehaut bekommen, ich, der ich schon viel schlimmere Dinge erlebt hatte. Vielleicht, weil ich Ihr Freund bin, wer weiß? Es ist eine geringfügige, fast unmerkliche, fast unsichtbare Behinderung, möchte ich sagen. Nur ein Finger, ein paar Zentimeter, um genau, um obszön zu sein. Gestatten Sie mir ein kleines Vergnügen, Freund Walser, seien Sie nicht gekränkt. Es sind meine letzten

Vergnügungen, jeder Sterbende hat das Recht auf einen letzten Tanz.

Aber ich sagte, Ihre Hände machen mir Sorgen: Auch deswegen reiche ich Ihnen die Waffe nicht. Wenn Sie mit Ihrer linken Hand auf mich schießen würden, würden Sie mich verletzen: Niemand sollte einen Menschen mit seiner schwächeren Hand töten. Aber Sie, Joseph, haben zwei schwache Hände, und das macht mir Sorgen. Es ist in der Tat eine kleine Behinderung, die Ihrige, lediglich am Zeigefinger der rechten Hand. Aber wissen Sie, welcher Finger das ist? Das ist der Finger, der auf den Abzug drückt, der entscheidende Finger zum Schießen: Es ist der Finger, und verzeihen Sie mir diese letzten Übertreibungen, aber es ist in der Tat der entscheidende Finger zum Töten. Dieser Finger ist es, und es gibt keinen anderen, der Zentrum, der Kern wäre, um dieses schöne Wort zu verwenden, es ist dieser Finger, den Sie bereits nicht mehr besitzen. Es wäre ein Unding, von Ihnen zu verlangen, mit einer deformierten Hand auf mich zu schießen. Sie würden Ihre Behinderung, diese Leerstelle zur Schau stellen. Das wäre nicht rechtens von mir. Deswegen werde ich selbst schießen. Es würde mir gefallen, wenn Sie es wären, Walser, ich sage es ganz offen. Von einem anderen Menschen getötet zu werden, würde mehr Sinn ergeben, würde eher in dieses Jahrhundert passen. Aber ich will lediglich, dass Sie mir zusehen: Das ist für beide Parteien am gerechtesten und am wenigsten beleidigend. Mein Freund Joseph Walser: Der Zeigefinger Ihrer rechten Hand hat Ihnen noch nie so sehr gefehlt wie heute. Verdammte Amputation, mein Freund. Jetzt sehen Sie, was Maschinen anrichten, Ihre

Maschine: Sehen Sie, was sie Ihnen genommen hat. Sie hätte Ihrem Körper tausenderlei Dinge nehmen können, doch sie hat Ihnen nur eine, eine scheinbar lächerliche Sache genommen: den Zeigefinger.

Aber verlieren Sie nicht die historische Perspektive aus den Augen. Selbst wenn wir in einem Büro eingesperrt sind und die Tür mit dem Schlüssel verschlossen ist – vergessen Sie nicht den Schlüssel, hier ist er –, ich sagte also, selbst wenn wir in einem Büro eingeschlossen sind, schwitzend, und die Maschinen diesen Lärm machen, selbst hier, in dieser Situation, dürfen wir nicht die Geschichte aus den Augen verlieren. Und Ihre Maschine hätte nicht exakter funktionieren können, mein Freund: Was hat Ihre Maschine gemacht, mitten im Krieg? Lediglich das: Sie hat Ihnen den nützlichsten Finger genommen, den zum Abdrücken, den Finger, der den letzten Muskel anspannt, ehe der Mensch vor ihm verschwindet. Die Maschinen haben Sie verspottet, mein Lieber. Wir müssen sie fürchten, das hatte ich Ihnen bereits gesagt. Sie sind einfach zu akkurat in ihrer Bosheit. Wir werden es nie schaffen, es ihnen gleichzutun.

Ich werde mir also eine Kugel mitten in den Kopf setzen, werde einen kleinen Gegenstand einführen, indes einen kleinen Gegenstand der Außenwelt, aus Metall. Und vielleicht, mein lieber Joseph, vielleicht können Sie ihn ja gar noch für Ihre Sammlung gebrauchen. Was meinen Sie?

Ausgezeichnet, dieses Wort: Kern! Das, was in der Mitte ist; der Kopf ist es, der in der Mitte ist, wissen Sie! Ich habe es Ihnen immer gesagt: Es sieht zwar so aus, als wäre der Kopf oben, doch nein: Er ist in der Mitte.

Aber genug, ich danke Ihnen, dass Sie mir wieder einmal so aufmerksam zugehört haben. Ich bin Ihr Freund, und ich hoffe, dass Sie das endlich begreifen. Sie verdienen zu leben, Walser, und einen besseren Satz kann ich einem Menschen gegenüber nicht äußern; einen passenderen Satz kann ich nicht sagen: Sie verdienen zu leben.

Doch nun wollen wir uns beeilen mit unseren Maßnahmen. Wir dürfen nicht trödeln, nur weil heute Sonntag ist. Lieber Freund, sehen Sie diese Würfel hier, wir werden würfeln, was halten Sie davon? Zwei Würfel, Sie kennen sie gut. Es hieß stets, Sie seien ein ausgezeichneter Spieler. Ich will spielen! Lassen Sie uns würfeln. Wir haben nie zusammen gespielt, nicht wahr?

Sie alle haben mich immer als einen Menschen betrachtet, mit dem man keine Vergnügungen teilen sollte. Und Sie hatten recht. Ich war nie besonders effizient, wenn ich bei Vergnügungen anderer mitgemacht habe. Das mag merkwürdig klingen, aber genau darum geht es: kompetent zu sein oder nicht. Und ich, mein Freund Joseph Walser, habe nie eine Kompetenz für das Spiel oder das Vergnügen besessen.

Aber wir sind schon zu lange hier. Ich werde nun würfeln, und danach werden Sie würfeln, mein Freund. In dieser Waffe habe ich eine Kugel: Sie wird im Kopf desjenigen landen, der verliert. So einfach ist das. Wie finden Sie das? Es ist ein Spiel. Genial, nicht wahr? Ein doppelter Spaß.

Aber ohne Angst, mein lieber Walser, Sie zappeln schon viel zu viel herum. Bringen Sie mich nicht dazu, gegen die Regeln und meinen Plan zu verstoßen. Bitte beruhigen Sie sich, setzen Sie sich! So ist's gut. Sie sind ein Spieler, ich nicht. Ich werde bestimmt verlieren.

Also gut. Seien wir vernünftig, ja. Sind wir bereit für das Spiel? Hier fallen meine Würfel. Hier sind sie. Halt! Was haben wir? Eine vier und eine drei? Nicht schlecht für einen Nichtspieler. Was meinen Sie, Walser, werden Sie es besser hinkriegen? Man könnte sagen, diese Vier und diese Drei eröffnen Ihnen doch ein paar Perspektiven. Doch rein statistisch betrachtet bin ich versucht zu sagen, dass eher Sie, mein Freund, die in der Waffe verbliebene Kugel in den Kopf bekommen; obwohl ich das, wenn ich ganz ehrlich bin, gar nicht will. Aber jetzt erzähle ich Ihnen mitten im Spiel was über Statistik, das ist vollkommen absurd. Würfeln Sie, mein Freund, Sie sind dran. Nehmen Sie die Würfel, ja. Jetzt sind Sie an der Reihe. Bitte, legen Sie los. So ist's recht. Würfeln Sie.«

GONÇALO M. TAVARES
DIE VERSEHRTEN
Roman, 240 Seiten, gebunden
ISBN 978-3-421-04502-7

Gibt es eine Formel für den Schrecken? Theodor Busbeck, Arzt und Historiker, ist besessen von der Idee, das Übel in der Welt lasse sich im Voraus berechnen. Seine Exfrau und Patientin Mylia trotzt seit Jahren den Prognosen der Ärzte über ihren immanenten Tod; Ernst Spengler, ihr ehemaliger Geliebter, ist seit seinem Aufenthalt in der Nervenklinik ein gebrochener Mann, und Hinnerk Obst ist ein vom Krieg Gezeichneter. In einer schicksalhaften Nacht treffen all diese Personen aufeinander, und die Gewalt scheint unausweichlich …

Die Versehrten ist eine atemlos-spannende Tragödie und zugleich eine philosophische Parabel über das 20. Jahrhundert, »ein vielschichtiges und bewegendes Drama über die Entfremdung in der heutigen Welt« (Alberto Manguel).

»Ein Roman von düsterer Schönheit. Gonçalo M. Tavares, ein portugiesischer Kafka, mischt Weisheit und Wahn, Schrecken und Komik, die Marx Brothers und Hannah Arendt. *Die Versehrten* – das ist anspruchsvolle, schwierige, aber auch dankbare Lektüre, ein ganz außergewöhnliches Werk.« *WDR 3*

»Neben José Saramago und António Lobo Antunes bietet die portugiesische Gegenwartsliteratur nun einen weiteren Namen von Rang.« *Neue Zürcher Zeitung*

Originaltitel: *A máquina de Joseph Walser*
Originalverlag: Editorial Caminho, SA

Die Arbeit der Übersetzerin wurde gefördert
vom Deutschen Übersetzerfonds e.V.
Des Weiteren wurde die Übersetzung
von der Direcção-Geral do Livro
e das Bibliotecas unterstützt.

MIX
Papier aus verantwortungsvollen Quellen
FSC® C014889

Verlagsgruppe Random House FSC® N001967
Das für dieses Buch verwendete FSC®-zertifizierte Papier *EOS*
liefert Salzer, St. Pölten.

1. Auflage

Typografie und Satz: DVA/Brigitte Müller
Gesetzt aus der Stone
Druck und Bindung: Friedrich Pustet, Regensburg
Printed in Germany
ISBN 978-3-421-04627-7

www.dva.de